R. Wratis

Versuch einer Darstellung der Lebensweise, Herkunft und Sprache der Zigeuner im Allgemeinen und der in Österreich lebenden Zigeuner insbesondere

SALZWASSER
VERLAG

R. Wratislaw

Versuch einer Darstellung der Lebensweise, Herkunft und Sprache der Zigeuner im Allgemeinen und der in Österreich lebenden Zigeuner insbesondere

1. Auflage | ISBN: 978-3-75251-152-9

Erscheinungsort: Frankfurt am Main, Deutschland

Erscheinungsjahr: 2020

Salzwasser Verlag GmbH, Deutschland.

Nachdruck des Originals von 1868.

Versuch einer Darstellung

der

Lebensweise, Herkunft und Sprache

der

Zigeuner im Allgemeinen

und der

in Oesterreich lebenden Zigeuner

insbesondere.

Als Manuskript gedruckt

Prag.

Druck von Heinrich Mercy.

1868.

Ihrer kaiſerl. königl. Hoheit

der durchlauchtigſten Frau Frau

Eliſabetha Francisca Maria,

kaiſ. Prinzeſſin und Erzherzogin von Oeſterreich, kön. Prinzeſſin zu
Ungarn, Böhmen ꝛc. ꝛc.

in tiefſter Unterthänigkeit

vom

Verfaſſer.

Bárošereskére, Takarúne Učipeneja!

Bára daraha me dav glan e héra, akadi mri tikni buti, havi te keravas, **Bára Ranije!** andro Gmunden, **Tumenge** has o báro prošerpen, mange te čamadavel.

Prindžerav, te mro siklaripen hi naytikneder, the odovo kériben avela džungalo. Uva mange has savóro láčo kamápen.

Lačipeha len pre, **Učipeneja!** mri naybaredera pativála.

Te o báro Devel **Tumen** arakhel!

Mentonatar šofto, pálo Božita ode čon, kio nevo berž, beržeste: Jezeris ochto šel trivalbiš eftato.

Rudolfos Wratislav-Mitrovic.

Euere k. k. Hoheit!

Mit großer Bangniß lege ich zu den Füßen Euerer k. k. Hoheit jene kleine Arbeit nieder, deren Anfertigung mir Höchst-Dieselben in Gmunden anzubefehlen die höchste Gnade hatten.

Ich weiß, daß meine Befähigung eine sehr geringe ist und dieser Versuch ein mangelbarer sein wird; allein ich hatte allen, besten Willen.

In Gnaden nehmen Euere k. k. Hoheit auf meine tiefste Ehrerbiethung.

Der große Gott beschütze Euere k. k. Hoheit!

Mentone, am 6. Januar 1867.

Rudolf Wratislaw Graf von Mitrowic,

k. k. geheimer Rath, Hofrath u. s. w.

Inhalt.

Einleitung.

〜〜〜

Auf dem ganzen Continente finden wir Zigeuner, mitten unter der heimischen Bevölkerung, nämlich Gruppen jenes braunen, räthselhaften Nomadenvolkes, welches (wie sich Saphir ausdrückt) wie eine lebendige Tradition durch die Welt geht, und dessen Existenz und Geschichte nicht zu den kleinsten Wundern gehört, welche eine höhere Weltordnung unzerstörbar durch die Wandlung der Stände, Völker und Nationen gehen läßt.

Schon der Anblick eines Zigeuners belehrt jeden, daß der Zigeuner ein Fremdling im europäischen Lande sei; er hat keinen Freund unter der Bevölkerung, in deren Mitte er lebt, aber auch er ist Niemand's Freund.

Der Grund dessen ist der schroffe Contrast der beiderseitigen Sitten, der nationale Stolz und das angeborene Mißtrauen des Zigeuners, sein festes Hangen am Hergebrachten, seine Bequemlichkeit und die in ihm fortlebende Tradition über Mißhandlung seiner Ahnen durch Europäer, und die dadurch begründete Verachtung Aller, die nicht zu seinem Stamme gehören.

Die „Alles heilende" Zeit hat die Schroffheit des Contrastes nicht zu mildern vermocht; im Gegentheile hat der von allen Seiten auf die Zigeuner geübte Druck sie durch das Band gemeinsamen Mißgeschickes um so inniger an einander gefesselt, während die Schwierigkeit unter solchen Umständen den Lebensunterhalt zu erwerben, stets vergrößert wird, weil der Zigeuner oft durch Noth gezwungen wird, seine Nahrung auf unredlichem Wege zu suchen, die auf redlichem Wege zu finden, ihm einestheils die Mißgunst der Bevölkerung unmöglich macht, ihn andern-

1

theils die angeborne Arbeitsscheu des Zigeuners hindert, während der Zu=
stand der Verlassenheit eine Art Falschheit und Gleißnerei im Zigeuner
erzeugt, die gewiß nicht dazu beiträgt, die Scheidewand zwischen Bevöl=
kerung und Zigeuner zu beseitigen.

Der so häufige unredliche Lebenswandel hat die Zigeuner von
der Communität ausgeschlossen, und ohne je eine bessere Seite in Erwä=
gung zu nehmen, wurden, oder besser gesagt, werden die Zigeuner all=
insgesammt nur für Diebe, Räuber und Betrüger gehalten und mit
dem Auswurfe der Menschheit identificirt.

Nicht besser ergeht es den Zigeunern von Seite der zum Schutze
des Staatsbürgers aufgestellten Verwaltungsbehörden. Auch diese kennen
den Zigeuner nur als verdächtiges Gesindel, Grundes genug um den
Zigeuner in Allem und Jedem nur auf sich und Selbsthülfe zu verweisen.

Je trostloser nun die Lage der Zigeuner ist, um desto mehr
wächst ihre Selbstständigkeit. Es ist der verkannte Menschenwerth,
der, da er nirgend Geltung finden kann, sich wenigstens in der eige=
nen Familie zur Geltung bringt, den Stolz des Zigeuners in der Rich=
tung steigert, sich von allen Jenen loszusagen, die ihm den allgemeinen
Werth der Menschheit absprechen.

Auf seine Familie somit beschränkt, lebt der Zigeuner ohne Ob=
dach, ohne Angehörigkeit, ohne sicheren Nahrungserwerb, als ein vogel=
freies Wesen. — Alles um sich hassend, von allen Umlebenden gehaßt
und gefürchtet, von den Behörden verfolgt — ein trauriges Loos!

Die Beschränkung auf sich selbst, in der der Zigeuner lebt, hat es
möglich gemacht, daß die Ursprache des Zigeuners ihm geblieben ist,
das heißt, sich von Mund zu Mund bisher fortgepflanzt hat. Wenn
aber Herr Studienrath Graffunder zu Erfurt behauptet, daß die Schei=
dung der Zigeuner von den Bewohnern lediglich in der Ursprache
ihren Grund habe, und daß diese es ist, die den Zigeuner zwingt, bei
den alten Sitten, Gewohnheiten und nomadisirendem Leben zu verblei=
ben, glaubt Schreiber dieses entgegen treten zu können, da jeder Zi=
geuner außer seiner Ursprache stets auch die des Landes spricht, somit
die Sprache allein, unmöglich der alleinige Hindernißgrund eines An=
schlusses des Zigeuners an die Landesbevölkerung sein kann.

Ehe wir auf die nähere Schilderung des Zigeuners eingehen, ist
die Bemerkung unerläßlich, daß man einem herben Irrthum verfällt,

wenn man alle Individuen, die im gemeinen Leben als Zigeuner be=
zeichnet werden, für Zigeuner halten wollte. Ein großer Theil derselben
ist wirklich nur Gesindel aus der Landesbevölkerung, liederliche Weibs=
personen, Vagabunden, Flüchtlinge, Hehler, kurz Leute der niedrigsten
Condition, die an dem ungebundenen Leben des Zigeuners Geschmack
finden oder anderweitige Ursache haben, sich der Gerechtigkeit und Auf=
sicht zu entziehen. Diese letzteren, welche von den wahren Zigeunern
„parno" d. h. weiß genannt werden zur Unterscheidung von echten
Stammeszigeunern (der rom, sinto oder kálo, der Schwarze, heißt),
kommen hier nicht in Betracht, da sie nicht Zigeuner sind, sondern der
einheimischen Bevölkerung angehören und sich lediglich den Zigeunern
angeschlossen haben.

Die echte Zigeunerfamilie in ihrem öffentlichen Erscheinen.

Sehen wir eine Zigeunerfamilie näher an, wie sie in dem öster=
reichischen Kaiserthume umherzieht. Obwohl ihr Auftreten in der ganzen
Welt ein ganz gleiches sein dürfte, betrachten wir dennoch vorzugsweise
die österreichischen Zigeuner, weil da dem Schreiber dieses, die meiste
Gelegenheit geboten ward, das Leben der Zigeuner zu beobachten.

Ein schlechter, von einer elenden Mähre geschleppter, mit einer
zerrissenen Plache bedeckter, kleiner Leiterwagen kömmt daher. Aus den
Löchern der Plache und wo es nur immer möglich ist, stecken neugierige
Kinder ihre Köpfe heraus, oft auch ein altes Weib, der Gegenstand
der allgemeinen Verehrung der Zigeunerfamilie und ohne Rücksicht auf
verwandtschaftliche Berechtigung, von allen Großmutter „mami" ge=
nannt. Nothdürftiges Geräthe zur Schmied= und Kesselflickerarbeit,
elendes Kochgeräthe, altes Riemzeug, etwa auch bunte Fetzen von ab=
gerissenen Kleidungsstücken bilden das übrige Inventar des Wagens
und den ganzen Reichthum der Zigeunerfamilie.

Der Wagen wird geleitet zumeist von dem Haupte der Familie;
Männer, Weiber, Kinder, jung und alt, sämmtlich Angehörige derselben
Zigeunergruppe, umgeben den Wagen, hinter dem meist ein (charakte=
ristisch für eine Zigeunerwirthschaft) um den Hals angebundenes Schwein=
chen, oft auch eine Ziege geschleppt wird; die Mannspersonen sind alle
mittelgroß und wohl gewachsen, haben alle üppiges, rabenschwarzes glän=

zendes Haar, schwarze oder dunkelbraune Augen von starken dunklen Brauen und langen Wimpern umgeben. Schlauheit und Argwohn liegt unverkennbar in ihren Blicken, die durch die dunkle kupferfarbige Gesichtsfarbe und das hervortretende Weiß des schalkhaften Auges doppelt auffallend und verdächtig erscheinen. Der Anzug ist stets so bunt gewählt, als es nur immer die Umstände des Besitzes zulassen. Das Angenehme der Wohlgebildetheit verläßt auch den Zigeuner im Alter nicht.

Jahrzehnte gehen an dem Manne spurlos vorüber, und der charakteristische Ausdruck bleibt ewig lesbar am dunkelgebräunten Antlitze des Zigeuners. Er trägt zwar Spuren sowohl vom Winde und Wetter, als auch von harten Wanderungen durch Drangsale, Bitterniß und Verfolgung, Mahagoni-Züge liegen dunkel auf dem Gesichte des Zigeuners, und in den Furchen der harten Stirne stehen geschrieben die Anklagen eines ewigen Leidens gegen die Unerbittlichkeit des ihn rastlos verfolgenden Geschickes — allein dem Ganzen kann man die Anerkennung des Ebenmaßes und Theilnahme an der allenthalben ausgedrückten Wehmuth nicht versagen.

Anders verhält es sich mit den Frauen. An ihnen gehen Jahrzehente nicht spurlos vorüber.

Haben sie 25—30 Frühlinge erlebt, lassen sie keine Ahnung des Gewesenen nach sich, Runzeln der gräßlichsten Art verunstalten das Gesicht, die entsetzliche Unreinigkeit thut ein Uebriges, und an einer alten Zigeunerin bleibt nichts, als der Ausdruck verwilderter Weiblichkeit.

Sehen wir dagegen ein Zigeunermädchen. Es zeigt das Ideal des schönen Volksstammes, welcher in Bau, Wuchs und Gliedmaßen das Ebenmaß der Vollendung an sich trägt, und dem selbst eine tausendjährige Flucht und Hetze das Gepräge seines ursprünglichen Gestaltadels nicht ganz verwischen konnte.

In langen Flechten fällt rabenschwarzes Haar über Schulter und Busen herab, die trotzig auf ihre naturgesetzliche Berechtigung, die Vollendung ihrer Fülle, in das darauffallende Licht zurückwerfen.

Zwei Augen glänzen wie Edelsteine aus dem dunkelgebräunten Antlitze, und feingeschnittene, sinnvolle Lippen öffnen sich triumphirend, um zwei Reihen Zähne sehen zu lassen, die den unzerstörbaren Pensionsfond dieser Stammesschönheit bilden. —

Leider nur von kurzer Dauer sind diese Vorzüge!

Mit gespannter Aufmerksamkeit späht nun die Zigeunerfamilie um sich, und gewahrt sie einen Wagen oder Jemanden, von dem sie Almosen hoffen kann, wird sogleich ein Detachement abgesendet, um zu betteln oder sich durch Anbietung, aus der Hand wahrsagen zu wollen, Geld zu verdienen. Das Detachement ist heftig und unermüdlich in seinen Bitten, verfolgt den Angebettelten so lange es nur immer möglich ist, und läßt sich nicht abweisen, es wäre denn, dem Angebettelten käme das Erscheinen eines Gens'darmen zu Gute, worauf die Zigeuner schnell fliehen.

Unweit einer, ihnen Beute in Anhoffnung stellenden Ortschaft, am liebsten an einem von Weiden beschatteten Bache, wird das elende Gefährte angehalten, die Mähre ausgespannt und gefüttert, d. h. ihr die Freiheit gegeben, sich das Futter zu finden; ein Feuer wird angemacht, die Kinder sammt der Großmutter abgeladen und um das Feuer gesetzt. Männer und Weiber gehen dann in den Ort, suchen Schmied- oder Kesselflickerarbeit, betteln, die Weiber helfen den abergläubischen Landwirthinnen Kühe entzaubern, damit die Milch der Kühe recht häufig werde, Hühner zum Eierlegen zu zwingen, sagen den Mädchen des einfachen Landvolkes aus der Hand eine baldige Verehelichung und Erfüllung geheimer Wünsche wahr, stehlen bei solchen Gelegenheiten wo nur immer möglich, und kehren sodann zu dem Feuer zurück, wo nach Maßgabe des Ergebnisses ihrer Zauberei, Bettelei und Diebstahles ein mehr oder weniger luculentes Mahl bereitet wird, während die Männer mit den etwa erhaltenen Arbeitsbestellungen eintreffen.

Hiedurch ist für das Bedürfniß des Tages Sorge getragen, und verspricht der Ort nicht eine weitere Ausbeute für den nächsten Tag und ist keine weitere Arbeit für die Männer abzufertigen, erhebt sich die Karavane, spannt die Mähre vor, und der Zug bewegt sich zum gleichen Behufe in den nächst gelegenen Ort; am liebsten besuchen sie Jahr- und Pferdemärkte, denn da gibt der Zusammenfluß von leichtgläubigen einfältigen Landbewohnern, die, durch allgemeine Theilnahme an dem regen Verkehr verminderte Vorsicht der Marktbesucher, eine vermehrte Gelegenheit für den gewöhnlichen Zigeunererwerb, der sich denn hier auch und zwar mit großer Vorliebe auf den Pferdehandel verlegt.

Hier am Pferdemarkt legt der Zigeuner einen andern Menschen an. Er fühlt sich bedeutend gehoben, und ist auch als Pferdezubringer

oder Selbstverkäufer eine Specialität am Markte. Ist seine vorn er=
wähnte Mähre noch so elend, er weiß ihr durch Einspritzen von Brannt=
wein in die Nüstern und Augen, durch Einpfeffern und durch Peitschen=
hiebe ein Feuer beizubringen, das manchen dürftigeren Landmann be=
sticht, die Mähre weit über ihren Werth anzukaufen, während sich dann
der Zigeuner als Zubringer aufbringt, den Kauflustigen vertrauliche
Mittheilungen über die inneren Fehler des im Kaufe stehenden Pferdes
oder dessen gute Eigenschaften macht, dieses oder ein anderes anpreiset,
auf den Verkäufer durch Vorwände aller Art auf die Herabstimmung
des geforderten Preises andringt, den Käufer zur Erhöhung seines An=
botes zu bestimmen sucht, kurz jeden Weg einschlägt, um sich ein sicheres
und reichliches Trinkgeld von einer oder der andern Seite zu ver=
schaffen, im Innern wohl höchst gleichgültig, ob der Käufer oder Ver=
käufer ein gutes Geschäft gemacht habe oder nicht.

Mit dieser kurzen Skizze mag das öffentliche Auftreten der Zi=
geuner einiger Maßen angedeutet worden sein. Eine Einsicht in das
Familienleben, in die Gewohnheiten, Gebräuche und ihr Inneres über=
haupt müßte das Interesse weit mehr anregen, ist aber bei der Abge=
schlossenheit des Zigeuners und bei der, den Europäern gewiß wenig
zusagenden Lebensweise, dann bei der Arglist des Zigeuners gegen jeden
Nichtzigeuner, sehr schwer zu erlangen. Einiges dürfte vielleicht der
nächste Abschnitt enthalten, dessen Wesenheit der Schreiber dieses der Mit=
theilung eines echten Zigeuners, Namens Janoschovsky, verdankt, auf
den wir später zurückkommen werden.

Etwas vom Familienleben der Zigeuner.

Der Zigeuner bekennt sich stets zur Religion jenes Volkes, in
dessen Lande er sein nomadisirendes Leben verbringt; es geschieht dieses
aber nur aus Heuchelei, im Herzen hat er gar keine Religion, und es
scheint nur, daß der Zigeuner einen Begriff vom höchsten Wesen habe,
mit dem er aber die Sonne identificirt, die die Früchte gar kocht und
für den Zigeuner sorgt. Das Abbild der Sonne ist das Feuer, und
vielleicht geschieht es auch aus gewissen religiösen Rücksichten, daß Zigeu=
ner überall, wo sie sich niederlassen, ein Feuer anmachen und gleichsam
die von ihnen vermeinte Gottheit anrufen, um sich von ihr die Nahrung

zu erbitten, die ihnen auch dann das Abbild der Sonne, gleich dieser, bereitet.

Kömmt ein Kind in der Familie zur Welt, so ist der Ort der Geburt entscheidend, ob es getauft werden soll oder nicht. Ist der Fall der Geburt von keinem Nichtzigeuner bemerkt worden, somit in der Gegend unbekannt geblieben, so wird das Kind blos um einen Baum, um eine Capelle oder sonst um ein leicht zu merkendes Object herumgetragen, und ihm ein beliebiger Name gegeben. So hieß z. B. ein Kind „wewerka," d. i. Eichkätzchen, weil bei der Ceremonie des Herumtragens ein Eichkätzchen im Walde bemerkt wurde. Ereignet sich aber der Geburtsfall in einem Dorfe, oder in einem Schafstalle, der vorzugsweise dazu ausersehen wird, wenn die Mutter so erkranken sollte, daß sie unter Dach und Fach gebracht werden muß, oder, was sehr oft der Fall ist, im Arreste, so wird das Kind mit aller nur möglichen Gleißnerei zur Taufe getragen, Pathen gebeten, die dann das Ihrige thun müssen, um die Mutter und das Kind nicht umkommen zu lassen, und auch dann noch zu beschenken, von welchem Geschenke dann die ganze Familie lebt, so lange es reicht.

Das Kind braucht die ersten Jahre keine Kleidung. Die Mutter trägt es nämlich (oft auch zwei Kinder) im Rocke, den sie über den Kopf schlägt.

Vielleicht geschieht es neben der Armuth auch aus Abhärtungsrücksichten, die überhaupt sehr großartig sind.

Die Zigeunermutter liebt ihr Kind mit einer wahren Affenliebe, doch nur insolange, als es ihr jüngstes ist. Um das ältere Kind kümmert sich die Mutter weniger, wie denn auch dem pädagogischen Studium wenig Sorgfalt zugewendet wird.

Erkrankt bisweilen ein Kind, so wird es fortwährend in aufgeschlagenem Rock getragen, geneset es, so ist's gut, stirbt es, wird es heimlich irgendwo vergraben; wozu die Unkosten des Begräbnisses?

Kann das Kind schon laufen, wird es mit einem erbettelten Hemdchen bekleidet und zum Betteln, Nachlaufen der begegnenden Wägen u. s. w. abgerichtet und verwendet.

Erkrankt ein Kind, so sind Mittel auch nicht weit zu suchen. Janoschovsky erzählte von einem sechsjährigen Knaben, der über den ganzen Körper rothe Kränzchen bekommen und eine solche Abmattung verspürt habe, daß er der Familie nicht folgen konnte. Zum Unglück hatte die Familie ihr Pferd sammt Wagen am vorgestrigen Markte verkauft und war gerade daran, sich ein neues Fahrzeug zu verschaffen. Gehen konnte der Knabe nicht, tragen konnte ihn die Mutter auch nicht, weil sie schon zwei Kinder trug, das Jucken des Knaben nahm zu, es erübrigte daher nach Zigeuner=Methode nichts, als dem Knaben kräftige Hiebe zu versetzen und ihn zur Anstrengung anzutreiben, auch ihm das Weinen zu untersagen. Da aber auch dieses heroische Mittel dem Zwecke nicht entsprach, urtheilten die Erfahrenen der Familie, daß der Knabe wirklich krank sei und somit das bewährte Mittel angewendet werden müsse. Es war gerade im Winter und hoher Schnee; der Knabe wurde im Schnee vergraben, ihm ein Stück Brod in den Mund gesteckt und ihm bedeutet, er habe, sobald er gesundet, in einem ihm schon bekannten Orte bei Rakonic unfehlbar zu erscheinen. Am Mittwoch war der Knabe, der offenbar den Friesel hatte, frisch und gesund in jenem Dorfe bei Rakonic. „Das wußten wir, daß es so kommen würde," setzte Janoschovsky bei, „denn der Schnee heilt alle Hautkrankheiten."

Um dem, aus welcher Ursache immer an dem letzten Versammlungsorte zurückgebliebenen Familiengliede die Richtung des eingeschlagenen Weges zu bezeichnen, gebrauchen die Zigeuner die Vorsicht, in Wäldern Aeste abzubrechen, auf Kreuzwegen aber kleine Häufchen Steine zusammenzulegen, auch in die Erde bloß Striche mit einem Stocke einzugraben, deren längster den Wegweiser abgibt, gleich den abgebrochenen Aestchen und den Steinhäufchen. Diese Abzeichen aber werden sorgfältig von dem nachgefolgten Familiengliede, nachdem sie demselben gedient, beseitigt, theils um Nichtzigeunern keinen Anhaltspunkt zur Verfolgung zu bieten, theils um etwa andere Zigeunerfamilien nicht zu beirren.

Eine eigene Abhärtungsart der Kinder gegen die Kälte wird in Anwendung gebracht. Ist nämlich dem Kinde kalt, so wird es erst ausgelacht, daß ihm kalt sei, und auf die Erwachsenen hingewiesen, denen nicht kalt ist.

Nimmt die Kälte zu, so wird dem in zerrissenem Hemde zippernden Kinde zuerst etwas Ueberwindung ziemlich derb empfohlen und für den ärgsten Fall eine Schnur in Aussicht gestellt, endlich die Schnur mit der Weisung überantwortet, das Kind solle sich damit den Leib fest schnü-

ren, dann müsse ihm warm werden, in welcher Beziehung sich das Kind
derben Schlägen aussetzen würde, wenn ihm noch ferner kalt wäre, — und
das Kind klagt dann nicht mehr über Kälte.

Es ist leicht erklärlich, daß aus solcher Erziehungsmethode auch
Resultate der tüchtigsten Abhärtung hervorgehen, von denen es ungemein
viele Beweise gibt. So will man von einer Wette erzählen, die ein Zi=
geuner gegen einen Fleischhauer gewonnen hätte, in Folge welcher der Zi=
geuner nackt, der Fleischhauer in einem beliebigen Pelze am Eise schlafen
sollte. Früh Morgens fand man den Fleischhauer im Schafpelze leblos
und den durch den ruhigsten Schlaf gestärkten Zigeuner damit beschäftigt,
durch Frottiren den Fleischhauer ins Leben zurückzurufen.

Wächst nun der durch solche Weise an Abhärtung jeder Art ge=
wöhnte Zigeunerknabe heran und erreicht er das 16.—18. Jahr, so kommt
es ihm vor, daß er „mehr bedürfe als Wasser und Brod." Er nimmt
ein Weib, die erste beste, die ihm unterkömmt, sei sie eine echte Zigeunerin
oder eine „parni."

Von einer Copulation ist keine Rede, die Ehe ist ein widerrufli=
cher bürgerlicher Vertrag. Es gibt kein Ehehinderniß nach kanonischem,
nicht nach bürgerlichem Rechte beim Zigeuner. Liederliche Weibsperso=
nen aus der Landesbevölkerung liefern die Braut, und oft selbst die
nächsten Familienglieder, wenn ein Zuzug vom Lande nicht erreicht
werden kann.

Kogalnitschan führt an: „daß bei einer Eheschließung die Zigeu=
ner=Brautleute einen irdenen Krug nehmen, ihn zerbrechen und durch
dieses Rituale so gut verehelicht sind, wie Gregoire und Esmeralda.

Janoschovsky wollte von einer solchen Ceremonie nichts wissen
und meinte, die Heirathsfeier bestehe nur in einem tüchtigen Schmaus,
der sich von dem täglichen Diner der Zigeunerfamilie nur durch eine
größere Quantität hervorthun dürfte. Die Beköstigung kommt der Fa=
milie nicht hoch zu stehen; gewöhnlich wird Frühstück und Mittagmahl
von der Landbewohnerschaft erbettelt; bekommt der Zigeuner aber Arbeit
oder ist die Zigeunerin glücklich im Bethören der Leute durch Wahr=
sagen, Betrug und Diebstahl, oder findet irgend ein Familienglied einen
Braten im Graben der Straße, in einem Meierhofe oder wo immer, dann
wird das eigene Haus eröffnet und die Tafel bereitet bei angemachtem
Feuer in dem eigenen oder etwa zur Reparatur erhaltenen Kessel.

Es ist der Fall eines Bratenfundes nicht so selten, als man glauben möchte. Mit Ausnahme des Pferdefleisches ißt der Zigeuner jedes Fleisch, wobei er die Behauptung aufstellt, das Fleisch der Thiere, die Gott durch den Tod für reif erklärt, sei viel schmackhafter als das Fleisch jener Thiere, die der Mensch vorzeitig ums Leben bringt. Darum sind die Zigeuner bald bei der Hand, wenn von einem Viehfalle in einer Meierei oder einem Bauernhofe die Rede ist, wenn Gänse, Hühner u. s. w. der sogenannte schwarze Tod befällt und die Zigeuner hiemit reisen, wohl schmeckenden Braten zu erhalten hoffen können. Gebraten wird dann auf offenem Feuer und hölzernem Bratspieße, der um so zulänglicher ist, als der Braten nicht ausgenommen wird, weil, wie der Zigeuner sagt, „die Eingeweide hinein und nicht heraus gehören." Potage, Bouillon kommt da nie vor, und nur wenn Mehlknödel gekocht werden, dient das Wasser davon als Suppe; Erdäpfel, Linsen, Erbsen lieben sie sehr, doch die letzteren kommen weniger auf die Tagesordnung, weil die Zeit, die zu deren Garwerdung erforderlich wird, dem Nahrungserwerbe Eintrag thun würde, dagegen wird frisches Obst mit Leidenschaft verzehrt, und zu diesem Behufe gestohlen, wo es nur immer möglich ist.

Das Getränke ist nur Wasser, überhaupt kann man dem Zigeuner das Zeugniß geben, daß er im Trinken in der Regel nicht sehr unmäßig ist. Er verschmäht den Branntwein nicht, aber selten wird der Zigeuner sich bis zur Sinnlosigkeit antrinken. Leidenschaftlich liebt der Zigeuner den Rauchtabak, den er raucht und kaut. Seinem Beispiele folgen Weiber und Kinder; die durchweg schönen Zähne der Zigeuner berechtigen zu der Vermuthung, daß der Tabak den Zähnen zuträglicher sei, als alle Odontinen, sowie man auch versucht wird, der Cosmetique der Zigeuner den Vorzug vor allen englischen und französischen einzuräumen, in Absicht auf Erhaltung des Haares; nur würde Mancher Anstand nehmen, sich dieser Cosmetique zu bedienen. Sie besteht nämlich nach einer vertraulichen Mittheilung Janoschovsky's in dem rohen Fette „reifer," vulgo gefallener Thiere, mit dem Haar und Brauen öfters gesalbt werden. Diese Procedur wird auch auf das Gesicht ausgedehnt, und sich dann den Sonnenstrahlen ausgesetzt, wenn die angeborene Gesichtsfarbe nicht den richtigen Zigeunerton hat, ein Mittel, dessen sich die „Parno" gerne bedienen.

Die Bekleidung des Zigeuners ist seinem ganzen elenden Leben angemessen. Ein Hemd ist dem Zigeuner ein sehr entbehrliches Kleidungsstück; die meisten haben gar keines und bedecken ihren übrigens stets schmutzigen Körper mit geschenkten, gestohlenen oder eingehandelten Kleidungsstücken, und doch muß man aus dem verschiedenartigsten Fetzwerke, womit sich Männer und Weiber behängen, den Schluß ziehen, daß sie bei der Wahl einem gemeinsamen Geschmacke huldigen und prachtliebend sind. Die grellsten Farben der Stoffe ziehen sie vor. Glänzende Zuthat, Knöpfe, Spangen, Borten und Spitzen wissen sie zu verwenden und Fetzen mit Fetzen zu zieren. Dann, wenn die Toilette gemacht ist, ziehen sie auf Erwerb aus, wie wir sie mit oder ohne Reisewagen im Anfange dieser Blätter fanden, wo auch der Art des Erwerbes erwähnt ward, und hier noch etwas Weniges bezüglich der Wahrsagerkunst der Weiber erzählt werden soll.

Findet die Zigeunerin eine leichtgläubige Person, die sich wahrsagen läßt, so geschieht es entweder, daß die innere Seite der Hand besehen, Karten aufgeschlagen, oder aus einem Spiegelchen die Zukunft gelesen wird.

Meist entfernt sich die Zigeunerin unter dem Vorwande, mit der Geisterwelt in Verkehr treten zu müssen, und schreibt die Verhaltungsmaßregeln für die leichtgläubige Person während der Zeit der Abwesenheit der Zigeunerin vor. Diese Maßregel hat selbstverständlich strenge Verschwiegenheit, Einsamkeit und Anrufung des ewigen Geistes an der Spitze ihrer Punctation, während welcher Vorbereitungszeit die Zigeunerin sich möglichst in der Nachbarschaft über die Verhältnisse der bezüglichen Person unterrichtet, dann also wieder erscheint und ihren Orakelspruch mit einer Art von Begeisterung hersagt, nachdem das zu ihrer Entlohnung bestimmte Geld, in Papier gewickelt, vorerst in die Nähe der Thür deponirt worden ist.

Hat die Zigeunerin ihr Verdict beendet, ergreift sie rasch das deponirte Geld oder sonstige Entlohnung, und entfernt sich schnell.

Nun tritt einer der zwei Fälle ein: was die Zigeunerin gewahrsagt hat, geht in Erfüllung oder nicht.

Im ersten Falle kommt die Zigeunerin, um sich noch einen Lohn abzuholen, im zweiten Falle kommt sie, um der leichtgläubigen Person bekannt zu geben, wie ihr die Geister die Mittheilung gemacht hätten, daß die Person die Vorbereitungszeit gar nicht gut zugebracht, nicht geschwiegen, oder nicht gebetet oder sonst etwas außer Acht gelassen hätte; nun sei die Zigeunerin bereit, die Geister zu versöhnen, noch ein zweitesmal wahrzusagen, natürlich gegen neues Entgeld. Auch gegen das Verhexen des Melkviehs, des Federviehes, gegen den Weizenbrand, gegen Hagel und Auswintern des Getreides wissen die Zigeuner Mittel durch Beschwörung der Geister, kurz sie beuten in ähnlicher Art den Aberglauben und die Albernheit aus, und haben leider! da ein großes Feld ihres Erwerbes.

Scharfe Sinne und Scharfsinn sind die Wiegengaben des Zigeuners. Die bittere sociale Stellung desselben potencirt diese herrlichen Gaben auf eine hohe Stufe und doch tragen sie keine Früchte. Liegt die Schuld im rechtlosen Zigeuner? ich glaube nicht.

Die Anlagen, mit denen Mutter Natur fast insgesammt alle Zigeuner beschenkt hat, um sie gleichsam für andere Entbehrungen zu entschädigen, brechen sich mitunter mit Gewalt auf verschiedene Weise eine Bahn. Ein entschiedenes Talent für Musik ist das Fideicommiß des Zigeuners.

Ohne eine Note zu kennen, ohne die geringste Vorkenntniß verdankt er nur seinem Gedächtnisse, seiner Auffassungsgabe und Fähigkeit zu reproduciren und seiner Beharrlichkeit die Möglichkeit, auf seinem Streichinstrumente das Gehörte wiederzugeben mit einer Treue, die zu Staunen hinreißt, mit einem Gefühle der Innigkeit und einem Anklange von Melancholie, die zum Herzen sprechen und ahnen lassen, daß die Töne auch aus einem Herzen kommen.

Nicht vergessen wird der Ungar den Zigeuner Bihari Josi, der zu Ende des Jahres 1827 in Pest spielte, durch Ungarn zog und überall Ruhm und vollste Anerkennung fand; im Jahre 1844 lebte er noch, und spielte in Preßburg, aber nein! er spielte nicht, er weinte auf der Geige, er beweinte das Loos seines Stammes, er forderte die Menschen auf, Erbarmen für den Fremdling zu haben und im Zigeuner auch den Menschen zu suchen. Er erwarb überflüssiges Einkommen, aber er weinte fort auf seiner Geige, zum Beweise, daß seine Forderung fortan überhört blieb.

Nun mag er ausgeweint haben! Aber nicht nur Bihari hat sich einen Namen durch Musik erworben, auch der Barna Mihaly hatte eine solche Kunstfertigkeit erworben, daß er bei dem Cardinal Grafen Emerich Csaky zu Illesfalva als Hofviolinist angestellt war. Seine

Eminenz hatte eine wahre Leidenschaft für Barna und ehrten sein langes Andenken dadurch, daß das lebensgroße Bild Barna's gemalt, mit der Unterschrift „Magyar Orpheus" versehen, zum Gedächtnisse auf Illes=falva aufbewahrt wurde. Barna's Tochter, Namens Czinka Panna, war eine ausgezeichnete Violinspielerin. Sie starb 1772 im Gömmerer Comitate.

Die Wahrsagereien, welche ungeachtet der zunehmenden Aufklä=rung die Zigeuner bisher seit den ältesten Zeiten mit Erfolg betreiben, dienen gleichfalls zum Beweise ihrer Scharfsinnigkeit. Man muß die Gewandtheit bewundern, mit welcher sie die Umstände erforschen, die auf das Schicksal dessen, dem sie wahrsagen sollen, Einfluß nehmen könn=ten, mit welcher Schärfe sie die Zukunft entschleiern, und sich namentlich aus der Schlinge zu ziehen wissen, wenn ihre Prophezeiung nicht in Er=füllung gegangen; ihre Kunstfertigkeit in Eisenarbeiten, mit den elendsten Werkzeugen, liefert den Beweis, daß der Zigeuner durch Geist den Man=gel der Materie zu ersetzen versteht, und selbst ihre Diebstähle und Be=trügereien zeugen unläugbar von Verstand und Geistesschärfe.

Es mag hier ein Zigeunerstreich seinen Platz finden, den Liebich der Genai'schen Zeitung in Nr. 244 vom Jahre 1863 nacherzählt.

Eine Schaar Zigeuner klopft spät Abends an die Thür einer Mühle in einem Thale bei Sortvich am Bleiberge. Sie verlangt Nachtlager, indem sie nicht weiter reisen kann, da Großmütterchen sterbend sei. Der Müller räumt den Zigeunern einen Stall ein, und man begibt sich zur Ruhe. Um 1 Uhr Nachts ist die ganze Zigeuner=Schaar in lebhafter Bewegung. Großmütterchen ist gestorben. Sie bitten den Müller noch um einen Sack, der ihnen gegeben wird, um Großmütterchen im näch=sten Walde begraben zu können. Bei der Ceremonie des Einsackens erheben alle Zigeuner ein fürchterliches Geheul und entfernen sich nach dem Walde. Alles wird wieder ruhig. Morgens findet der Müller die Bescherung. Seine Mastsau war fort, und er dachte nun an Großmütterchen im Sacke, — aber die Zigeuner waren schon über alle Berge.

Ueber das Herkommen der Zigeuner.

Bei den Zigeunern herrscht die Sage, „das Volk sei vor langer, langer Zeit mit vielen Schätzen an Gold und Edelsteinen, mit kostbaren Ge=fäßen, die die Frauen auf den Köpfen trugen, nach Europa eingewandert."

Allein bei ihrer Einwanderung seien sie gleich von den Weißen um all' ihre Habe gebracht worden, und darum bestehe noch heute der Haß des Zigeuners gegen die Weißen und jedem Kinde werde mitgetheilt, daß sein Vater von den Weißen um all' seine Habe gebracht worden wäre.

Wann sie einwanderten, woher sie kamen, weiß keiner anzugeben, und selbst die Nennung Egyptens, welches lange für das Stammland der Zigeuner gehalten wurde, brachte kein Zeichen der Erinnerung bei Janoschovsky hervor, den Namen je gehört zu haben, es scheint somit die Erinnerung sich schon zu verlieren an ein egyptisches Stammland, welches einige Schriftsteller früherer Zeit, im Grunde der angeblichen Aussagen von Zigeunern, als solches bezeichnet, und welche Aussage auch durch Herodot's Geschichte Egyptens II Buch, Cap. 102 und 103 unterstützt wird.

Herodot nämlich erzählt: Sesostris, der berühmte Herrscher Egyptens (etwa 1250 Jahre vor Christi Geburt) soll nach Aussage der Priester mit langen Schiffen vom arabischen Meerbusen ausgefahren sein, und die Küstenbewohner längs des erithräischen Meerbusens besiegt haben, bis er endlich in eine Untiefe gerathen und zum Rückzuge genöthigt worden sei.

Nun unternahm er wieder mit vielem Kriegsvolke einen Kriegszug durchs Festland, drang endlich nach Europa ein und unterwarf sich auch die Scythen und Trazier. Es urtheilen somit Einige, daß damals mit dem Heere Sesostris die Zigeuner nach Europa gekommen seien.

Der Engländer M. Samuel Roberts hat in seinem Buche „The Gypsies: their origin u. s. w. fest behauptet, daß die Zigeuner von den alten Egyptiern abstammen, deren Zerstreuung schon durch die Propheten Isaias, Jeremias und Ezechiel sei vorhergesagt worden, indeß hat Roberts Behauptung mit Recht weniger Beachtung gefunden, und die besser begründeten Angaben Anderer, nach denen die Zigeuner bald als die Urbewohner einer Stadt Singara in Mesopotamien, bald als Cilici'sche Auswanderer, bald als Nubier, Aethiopier und Mauren angeführt werden, sind mehr als zweifelhaft geblieben.

Mit einer beinahe zur Zuversicht gesteigerten Wahrscheinlichkeit hat die nun herrschende Meinung sich geltend gemacht, daß das Volk der Zigeuner hindostanischen Ursprunges sei. Die Unterstützungspunkte dieser Meinung sind die Sprache und Sitten der Zigeuner.

Die preußische Staatszeitung vom 30. April 1836 erzählt uns, daß Heinrich Vali, ein ungarischer Priester, auf der Universität Leyden, mit einigen jungen Malabaren um die Mitte des 18. Jahrhunderts studirt habe. Er ließ sich von ihnen viele malabarische Worte hersagen, schrieb sie nieder, und da sie ihm der in Ungarn gehörten Zigeunersprache ähnlich schienen, machte er nach seiner Rückkehr nach Ungarn den Versuch und fand wirklich, daß die Zigeuner in Ungarn viele dieser Worte verstanden. Ueberdies sollen ihm die erwähnten jungen Malabaren erzählt haben, daß auf Malabar eine Provinz oder ein Bezirk Czykania heiße. Feßler führt in seiner Geschichte Ungars an, daß Tamerlan-Timurbeg 1399 die nordöstlichen Gegenden am Indus überzog, um angeblich den Götzendienst auszurotten. Da habe nun vor ihm ein Seeräubervolk, das sich Tschingans nannte und die Provinz Guzurate und die Gegend um Tata bewohnte, geflüchtet und Indien verlassen. Gegen diesen Zeitpunkt fallen große Bedenken auf, und auch die Ansicht, daß der Name Zigeuner oder Czigan nichts Anderes sei, als der corrumpirte Name „Dzingis-Khan", wie Tamerlan genannt wurde, und wodurch man die Zigeuner mit Tamerlannoch näher in Verbindung setzen wollte, hat wenig Anhänger gefunden.

Ueberzeugender wirkt eine Vergleichung der Zigeunersprache mit den verschiedenen Dialekten Hindostan's, welche in neuester Zeit mehrere Gelehrte vorgenommen hatten, und die zu dem übereinstimmenden Resultate führte, die Sprache der Zigeuner sei mit jenen Dialekten innigst verwandt. Der Befund der Gelehrten hierwegen genügt: eine Aufführung der Parallelen der Zigeunersprache mit dem Sanscrit, dem Indischen, Bengalischen und Malabarischen hier, würde dem Zwecke dieser Blätter nicht entsprechen.

Was die Sitten der Zigeuner anbelangt, versichert uns Dr. Richardson, in Hindostan eine Kaste von Menschen gefunden zu haben, welche ohne feste Wohnsitze nur unter Zelten leben, sich durch Korbmachen und Kesselflickerei nähren, während die Weiber durch Wahrsagereien Geld zu verdienen trachten.

Richardson nennt diese Kaste „Soudras aus Correwas."

Obwohl dieser Namen keine Aehnlichkeit mit dem Zigeunernamen hat, so ist es doch sehr verlockend, anzunehmen, daß die Zigeuner, die die ähnliche Sprache sprechen und mit Zähigkeit an ähnlichen Sitten festhalten, ihre Stammgenossen seien.

Diese Annahme eines indischen Ursprunges des Zigeunervolkes gewann durch sprachwissenschaftliche Forschungen der neuesten Zeit immer mehr an Glaubwürdigkeit und Verbreitung und es wird dagegen nunmehr gar kein Zweifel mehr erhoben.

Die ältere Ansicht, daß die Zigeuner nämlich aus Egypten stammen, läßt sich aber mit den neuen Annahmen einer indischen Abstammung recht gut vereinen.

Es ist nämlich nachzuweisen, daß außer Egypten in Africa ein anderes Aegypsos in Europa bestand. P. Ovidius Naso, der etwa 43 Jahre vor Christo lebte und an des römischen Reiches entfernteste Gränze Sarmatiens, an die Donaumündungen, exilirt worden war, schreibt nämlich in seiner IX. Elegie, I. Buch De Ponto, an seinen Freund Severus:

> Stat vetus urbs, ripae vicina binominis Istri
> Moenibus et positu vix adeunda loci.
> Caspius Egypsus, de se, si creditur ipsis
> Condidit, et proprio nomine dixit opus.

(d. h. Es steht eine alte Stadt am Ufer des doppelnamigen Ister durch Mauern und Lage kaum zugänglich. Caspius Egypsus hat sie, wenn wir ihnen [den Bewohnern] glauben, gebaut, und sein Werk nach seinem Namen genannt.)

Und in der VIII. Elegie des IV. Buches de Ponto, schreibt Ovid an den Vestalis, der glänzende Siege errungen hatte:

> Contigit ex merito, qui tibi nuper honor
> Non negat hoc Isther, cujus tua dextera quondam
> Puniceam Getico sanguine fecit aquam.
> Non negat Aegypsos, quae te subeunte recepta
> Sensit in ingenio nil opis esse loci.
> Nam dubium est, posita melius defensa manu
> Urbs erat in summo nubibus aequa jugo u. s. w.

(d. h. Mit Recht wiederfuhr dir unlängst jene Ehre, nicht läugnen kann es der Isther, dessen Wasser einstens deine Rechte blutroth färbte. Nicht läugnet es Aegypsos, welches durch dich eingenommen ersah, daß keine weitere Hilfe möglich, denn es liegt im Zweifel, ob diese mit den Wolken auf höchstem Punkt gelegene Stadt, durch ihre Lage oder ihre Wehre besser vertheidigt worden sei."

Weiter heißt es dann: „Besiegt wird Aeghpsos u. s. w. Hieraus geht zweifelsohne hervor, daß eine Stadt Aeghpsos am Ister oder Donau gelegen, äußerst stark befestigt und vertheidigt, von dem Römer Vestalis zerstört worden ist.

Nehmen wir nun an, was die Zigeuner durch Tradition wissen und sagten, daß sie aus Egypten und zwar aus Kleinegypten stammen, und halten uns die Berufung Ovid's gegenwärtig, so scheint es, als ob Uebereinstimmung der Meinungen zu erzielen wäre, namentlich wenn man den Zug der Zigeuner in Europa beobachtet, der nur zu deutlich zeigt, daß sie von Südost nach Nordwest gedrungen sind.

Wann sie zuerst den europäischen Boden betreten, ist nicht zu ermitteln; es muß in einer Zeit geschehen sein, in die das Auge des Menschen nicht mehr zu sehen vermag. Fr. Casca sagt: „So weit je„doch die Geschichte reicht, hören wir (in Europa) von einem Volke „reden, das sich egyptischer Abkunft rühmt, ohne Gesetze lebt, unter „gebildeten Völkern umherirrt, sich mit Zauberei, Wahrsagerkunst, „Schwindelei, Musik, Diebstahl, Räuberei abgibt, dessen Weiber sich „schamlos preisgeben, und überall, wohin sie kommen, als Abscheu „der Menschheit verfolgt werden. Sie sind in allen civilisirten Ländern „zu finden, und überall treiben sie dieselben Geschäfte, erdulden dieselbe „Verachtung, sind feil zu Allem, und so sehr ein gräulicher Abscheu der „Menschheit, daß ihr Name als Schimpfwort gilt. Dessen ungeachtet „sind die Zigeuner so interessant, daß man sich immer wieder auf's „Neue angezogen sieht, ihnen Aufmerksamkeit zuzuwenden."

Welches das Geschick der Zigeuner bei ihrem ersten Auftreten in Europa war, ist sehr ungewiß, und aus den äußerst spärlichen Nachrichten kann man nur schließen, daß sie schon damals sehr unterdrückt gelebt haben müssen, sich aber doch Duldung zu verschaffen wußten. Erst vom Jahre 1417 haben wir bestimmtere Nachricht und von da an eine gewisse Evidenz über die Zigeuner.

Es war im Jahre 1417, im 19. Regierungsjahre Alexander des Guten, als die Zigeuner in der Moldau erschienen, von wo sie sich nach und nach, nach der Wallachei, Siebenbürgen, Ungarn und im Westen Europa's verbreiteten. Sie gaben sich durchweg für Egyptier aus, weshalb sie in Ungarn Pharaons, Unterthanen, in dem westlichen Europa aber Egyptiens, Gypsies und Gitanos genannt wurden; sie mußten ihre Wanderungen durch Europa sehr beschleunigt haben, denn 1418, fünfzehn Monate nach dem Constanzer Concilium, fand man sie schon in der Schweiz. Johannes von Müller erzählt in seiner Geschichte der Schweiz:

„Eine beträchtliche Herde einer ganz unbekannten Nation, braun von Farbe, fremden Aussehens, schlecht gekleidet, mit Pässen von geistlicher und weltlicher Obrigkeit versehen, erschien plötzlich vor den Thoren der Stadt Zürch, ihr Anführer nannte sich Michel, Herzog von Egypten, und seine Gefährten Cingani oder Cigani."

Im Jahre 1422 erschien ein ähnlicher Haufe dieses Volkes unter Anführung eines sicheren Andrae, der sich gleichfalls Herzog von Egypten nannte, vor Bologna, und zugleich ein anderer solcher Herzog in Basel.

Der Zuzug der Zigeuner muß sehr bedeutend gewesen sein, denn der schweizerische Geschichtsschreiber Stumpf gibt die Zahl der nach der Schweiz gelangten Zigeuner auf 14.000 Köpfe an.

Nach Pasquiers „recherches de la France" zeigten sich die Zigeuner zuerst am 17. August 1427 in der Umgebung von Paris. Sie gaben sich da als Bewohner von Nieder = Egypten aus, die von den Sarazenen zum Abfall vom Glauben gezwungen, wieder von den Christen überwunden, und als Abtrünnige nach Rom befördert wurden, wo ihnen vom Papste zur Sühnung ihres Abfalles als Buße aufgegeben worden sei, sieben Jahre lang zu wandern und auf harten Steinen zu schlafen. König Franz I. von Frankreich wollte die Zigeuner nicht dulden, doch wußten sie sich in Frankreich bis heute verborgen zu halten.

In Deutschland war kurz nach dem Eintreten der Zigeuner eine Specialverordnung erlassen gegen sie, mittelst welcher die Zigeuner als Ausspäher und Kundschafter verfolgt wurden. Der Reichsabschied von 1497, 1500, 1544, dann 1577 enthält derlei Anordnungen. In einzelnen Theilen Deutschlands wurden die Zigeuner vogelfrei erklärt, und noch im Jahre 1711 und 1713 hatte in dem gräfl. reuß'schen Ländchen Jedermann das Recht, einen Zigeuner niederzuschießen, Kinder und Weiber sollten mit Ruthen gepeitscht, und ihnen ein Galgen auf die Stirn gebrannt werden.

König Friedrich Wilhelm von Preußen befahl in einem Edicte

vom 5. October 1725, daß jeder im preußischen Staatsgebiete betretene, über 18 Jahre alte Zigeuner ohne Unterschied des Geschlechtes mit dem Galgen „zu bestrafen sei."

Aus Frankreich drangen die Zigeuner vielleicht in Folge der Verfolgungen nach Spanien und über den Canal nach England, wo sie früher und bis in neuere Zeiten ein eigenes Oberhaupt, einen Zigeunerkönig, hatten.

Im Jahre 1531, unter der Regierung Heinrich des VIII., und 1563, unter Elisabeth, wurden sie durch Parlaments-Acte förmlich verfolgt, und dennoch blieben Zigeuner im Lande. Ihr letzter König starb 1835 auf dem Felde bei Westvoodlane bei Nattingham, mit Hinterlassung einer jungen schönen Erbprinzessin. Er ward auf dem Friedhofe von Romansheath in der Grafschaft Northamptonshire feierlich beerdigt.

In Schottland wurden die Zigeuner durch eine königliche Verordnung als ein freies, unabhängiges Volk anerkannt, vermehrten sich da angeblich ungemein, müssen aber wieder sehr bald abgenommen haben, denn Walter Scott gibt ihre Anzahl nur mehr auf kaum 500 Köpfe an.

In Dänemark wurden Zigeuner von jeher nicht geduldet, dagegen waren sie in Italien, besonders im Kirchenstaate, ungemein zahlreich.

Der Schriftsteller Kogalnitschan gibt an, daß die Zigeuner in Ungarn durch König Sigismund besondere Gerechtsame und Freiheiten, namentlich durch das Patent vom 18. April 1423, und 73 Jahre später im Lande eine große Wichtigkeit erlangt hätten. In jedem Comitate, wo sich Zigeuner aufhielten, sollen sie eigene Vorstände gehabt haben, die Agiles hießen und zugleich Richter waren. Ihr Oberster, unter der Bezeichnung eines Wojwoden, soll unmittelbar durch den Palatin aus dem Stamme ernannt und dem Ernannten der Titel eines „Egregius," wie dem ungarischen Edelmann, zuerkannt worden sein.

Der Schriftsteller Szirmay hat uns sogar die gerichtliche Eidesformel für Zigeuner aufbewahrt, deren Eingang hier der Sonderbarkeit wegen Raum finden mag:

„Wie Gott den König Pharaos im rothen Meere ersäufte, so soll „den Zigeuner der tiefste Abgrund der Erde verschlingen, und er ver„flucht sein, wenn er nicht die Wahrheit redet, kein Diebstahl, kein Handel, „noch sonst ein Geschäft soll ihm gelingen! Sein Pferd soll sich beim

„erſten Huffſchlag in einen Eſel verwandeln und er ſelbſt durch Henkers=
„hand am Hochgerichte hängen," u. ſ. w. u. ſ. w.

Ungeachtet des klaren Citates Kogalnitſchan's konnte es dem
Schreiber dieſes nicht gelingen, jenes Patent König Sigismund's oder
einen Beweis aufzufinden, daß die Zigeuner je in Ungarn zu einer
Wichtigkeit gelangt wären, jedoch entnimmt Schreiber dieſes einer Notiz
(aus einer Zeit herrührend, wo er die Vorſicht noch nicht gebrauchen
gelernt hatte, den Notaten auch die Quelle beizuſetzen), daß es dem König
Sigismund an Reiterei gemangelt habe, zu deren Vervollſtändigung
auf die Zigeuner gegriffen wurde, welche kraft ihrer nomabiſiren=
den Neigung und als beſondere Pferdeliebhaber Eignung zum beab=
ſichtigten Zwecke zwar verſprochen, aber nicht entſprochen hätten, ſon=
dern häufig ſammt den Pferden und Rüſtung entwichen wären.

Es ſcheint dieſes Notat nicht unglaubwürdig, wenn man die Um=
ſtände, die Feigheit, Trägheit und Ungebundenheit des Zigeuners und
ſeine Verbreitung nach allen Seiten der Windroſe hin erwägt.

Auch in den Ländern Oeſterreichs hatten die Zigeuner ſich keiner
beſonderen Gunſt des Schickſals zu erfreuen.

Zur Zeit Ferdinand I. bis auf die große Maria Thereſia waren
ſie Gegenstand blos polizeilicher Verfolgung.

Erſt Maria Thereſia machte den Verſuch, dieſer Menſchenrace eine
Wendung zum Beſſeren zu geben. Sie verordnete 1768 und 1773, daß
die Zigeuner dieſen Namen abzulegen, den Namen „Neubauern" oder
„Uj Magyar" anzunehmen, und ſich feſte Wohnſitze zu bauen haben,
keiner ſolle heirathen, wenn er ſich nicht mit den nöthigen Mitteln aus=
weiſen kann, eine Familie zu gründen, und die Jünglinge ſollen in
die Regimenter aufgenommen werden.

Theilweiſe wurden dieſe weiſen Verordnungen durchgeführt, allein
der Tod der großen Kaiſerin unterbrach ihre menſchenfreundlichen Beſtre=
bungen, und die Zigeuner kehrten zu ihrer angebornen Lebensweiſe zurück.

Auch Kaiſer Joſeph beabſichtigte eine Hebung des Zigeuners vor=
erſt in Siebenbürgen. Er verordnete 1782, daß die Kinder der Zigeuner
die Schule beſuchen und den nöthigen Unterricht in der Religion erhalten
ſollen, die Kinder ſollten ordentlich gekleidet werden; es wurden den Zi=
geunern Strecken wegen Goldwaſchens zugewieſen, ſie in Bergwerken in
Arbeit genommen und möglichſt von der Regierung unterſtützt, namentlich

durch die Aufmunterung der Grundbesitzer, sich der Zigeuner anzuneh=
men und ihnen Grundstücke zur Bearbeitung und Nießung anzuweisen.
Die wohlthätige Folge dieser Maßregel war, daß in Siebenbürgen
mehre Familien der Zigeuner das Nomadenleben bei Seite setzten und
sich der Agricultur zuwandten. Allein auch diesen Fortschritt hemmte der
nur zu bald eingetretene Tod Joseph II. und seither wurde kein eingrei=
fender Versuch gemacht, mit der Veredlung der Zigeuner fortzufahren
und ihnen zur Erreichung einer solchen Absicht Mittel und Wege zuzu=
weisen; es ist sogar ein Rückschlag bemerkbar, und häufig ziehen nun die
Neubauern aus Ungarn mit ihren Familien unter Anführung ihres
Richters (čibálo) durch die deutsch=österr. Lande und wenn diese auch in
ihrem Auftreten einen gewissen Wohlstand zur Schau zu tragen beflissen
sind, der zumeist in dem silbernen Stockknopfe des čibálo und einigen sil=
bernen Rockknöpfen gipfelt, so ziehen sie doch nur herum, um der noma=
disirenden Neigung nachzukommen und durch Kesselflicken, Kettenschmie=
den, Pferdehandel, Wahrsagen und verschiedene der schon erwähnten Zi=
geunerkünfte ihr Leben zu fristen.

Es wäre von großem Interesse, die Anzahl der in Europa und
den einzelnen Staaten lebenden Zigeuner zu wissen, allein deren unsteter
Aufenthalt macht jede Zählung derselben ganz illusorisch; es ist daher
mehr als zweifelhaft, daß die Angabe Kogalnitschan's (der übrigens die
Weise, auf welcher er in Kenntniß der angegebenen Ziffer gelangte, nicht
bezeichnet) eine richtige sein könne. Nach Kogalnitschan sollen:

in der Moldau und Wallachei	200.000
in der Türkei	200.000
in Ungarn	100.000
in Spanien	40.000
in England	10.000
in Rußland	10.000
in Frankreich, Deutschland und in Italien .	40.000
in Europa somit	600.000

Zigeuner leben, eine Angabe, für die Schreiber dieses nicht einsteht und
sie um mehre Hunderttausende zu hoch gegriffen vermeint.

Sprache der Zigeuner.

Arm, wie der Zigeuner, ist seine dermalige Sprache. Sie bewegt sich nur in dem geringen Kreise der Bedürfnisse des elenden Zigeunerlebens. Der heutige Zigeuner hat wenig Bezeichnung für abstracte, aber auch nicht für concrete Begriffe, wenn er ihrer nicht zum Lebensbedürfnisse benöthigt.

Wie könnte es aber anders stehen und eine Sprache, die durch Jahrhunderte hindurch sich nur ausschließlich durch Tradition fortgepflanzt hat, deren Träger durch das Geschick verurtheilt, auf der niedrigsten Bildungsstufe stehen zu bleiben, zerstreut unter vielerlei fremden Nationen, ihr Leben nur mühselig fristen können? und deshalb gezwungen sind, sich fremde Sprachen eigen zu machen, unter deren Einfluß ihr eigenes Idiom leidet, auch nach und nach vielleicht ganz in Vergessenheit gerathen würde, wenn nicht der im Charakter des Zigeuners liegende Drang, Andere zu täuschen, ihn mächtig antriebe, sich auf eine, dem Nichtzigeuner unverständliche Sprache mit dem Stammesgenossen im steten Verständnisse zu erhalten.

Aus eben dieser Ursache sind die Zigeuner besorgt, ihre Sprache mit ihrer eigenthümlichen Verschmitztheit möglichst geheim zu halten, und lange herrschte der Glaube, die Zigeunersprache sei nichts als eine Gaunersprache, oder von Gaunern angenommene Corrumpirung der landesüblichen Sprache, die nur auf einer verabredeten Verwechslung der Begriffsbezeichnungen beruht, und höchstens manches hebräische Wort aufgenommen hat, während doch die Zigeunersprache eine ganz selbstständige, in der Form und im Geiste von allen europäischen Sprachen weit abweichende Sprache und nur durch den Verlauf der Zeit, bei dem Mangel aller Literatur, und nur mehr als Stückwerk bis hieher gekommen ist. Eine Darstellung der Redeweise der Zigeuner ist nicht ohne Schwierigkeit. Abgesehen von der Schwierigkeit, eine so sehr von den europäischen Staaten abweichende Redeweise in jene, vielleicht ihrer Wesenheit widerstrebende Formen zu bringen, die uns in Absicht auf die Erlernung europäischer Sprachen in der Schule vorgezeichnet wurden, ergibt sich ein arges Hinderniß in der Verheimlichung der Zigeunersprache durch deren Träger selbst, in der bedauerlichen Ungebildetheit des Zigeuners, die selbst bei gutem Willen die gestellte Frage nicht einmal aufzufassen und richtig zu beantworten vermag, sich auch nicht um ein Richtigsprechen, sondern nur um das Verstandenwerden bekümmert, endlich in dem Umstande der aus obigen Ursachen stets zunehmenden Verkümmerung der Zigeunersprache selbst. Bei der Mangelhaftigkeit, in der die Zigeunersprache bis hieher gekommen ist, hilft sich der Zigeuner, wenn er die eigene Bezeichnung nicht kennt, mit einer oft sehr unglücklichen Umschreibung, oder dadurch, daß er die landesübliche Bezeichnung in die Form seiner Sprache bringt. So z. B. kennt jeder Zigeuner die Bezeichnung eines Vogels, čiriklo, handelt es sich aber um die Bezeichnung eines Sperlinges, so wird ihn der böhmische Zigeuner vrabcos, der französische Zigeuner moinos nennen, weil der Sperling czechisch vrabec, französisch aber moineau heißt, der wahre Namen des Sperlinges in der Zigeunersprache aber nicht bis auf den heutigen Tag gekommen ist.

Ueber Zigeuner, deren Herkommen, Lebensweise und arglistige Streiche, hat schon Mancher geschrieben; der gelehrte Schriftsteller Grellmann gab 1783 zu Leipzig ein ungemein schätzbares Werk „die Zigeuner, historischer Versuch über die Lebensart und Verfassung dieses Volkes" heraus und schrieb eine Sammlung von Wörtern in der Zigeuner-Sprache zusammen. Der ungarische Historiograph J. A. Feßler und Malte-Brun haben Vorzügliches über das Volk der Zigeuner geschrieben, allein keiner der Genannten ist in eine grammatikalische Würdigung ihrer Sprache eingegangen.

Der Erste, der eine Grammatik der Zigeuner-Sprache niederschrieb, war Jaroslav Puchmayer, Gerichtsadjunkt zu Radnitz in Böhmen. Sein kleines Werklein „Romani čib d. i. Grammatik der Zigeunersprache" erschien 1821, wurde aber kaum nach Verdienst gewürdigt und unter Scartpapier gethan.

1835 gab Herr Studienrath Graffunder in Erfurth einen grammatikalischen Versuch über die Zigeuner-Sprache heraus.

Die kritischen Untersuchungen des Herrn Ascoli, Professors der Sprachwissenschaft an der kön. Academia scientifica letteraria zu Mailand, über Pafpalis Leistungen in Bezug auf die Sprache der Zigeuner und Potts ethnographisch-linguistisches Werk „Zigeunerisches" Halle, London, Turin und Florenz 1865, haben zweifelsohne einen großen sprachwissenschaftlichen Werth, werden aber eben so wenig wie Liebig's neuestes Werk „die Zigeuner" zur Erlernung der Zigeuner=Sprache dienen können.

Der Amtsberuf des Schreibers dieses brachte die Nothwendigkeit mit sich, mit Zigeunern, die durch das damals ins Leben gerufene Institut der Gensd'armerie weit häufiger als vordem, zur Behörde eingebracht wurden, öftere Amtshandlungen vornehmen zu müssen.

Es ergab sich einst, daß eine Zigeuner=Horde von 11 Köpfen der Behörde eingeliefert worden war; der eindringlichen Amtshandlung gelang es, aus ihnen die „parno" herauszufinden, deren Zuständigkeit zu eruiren, wohin sie dann auch mittelst Landesschubes befördert wurden. Nur ein älterer Mann, der sich Janoschovsky nannte, und 2 Knaben, die das echte Zigeunergepräge insgesammt am Gesichte trugen, erübrigten zur Ausforschung ihrer Heimathszuständigkeit, allein eben weil es sich um echte Zigeuner handelte, konnte sie nie ausgemittelt werden, doch aber verging über die ämtliche Correspondenz eine geraume Zeit, während welcher die Verpflegung der eingebrachten Ausweislosen gesetzlich der Gemeinde oblag, in deren Bereiche sie aufgegriffen wurden. Nun war die Gemeinde so arm, daß ihr die Verpflegung der drei Zigeuner empfindlich zur Last gefallen wäre. Es wurde daher von der hohen Statthalterei für die Knaben aus dem Landesfonde eine kleine Sustentation erwirkt und die Knaben in die Schule geschickt, der arbeitsfähige Janoschovsky aber sollte zur Gemeinde=Arbeit verhalten und sein Verdienst zur Beköstigung desselben verwendet werden.

Dem Schreiber dieses war es schon bei der Einlieferung der Zigeuner aufgefallen, daß sie sich ganz unverständliche Worte zuflüsterten und namentlich den Knaben mit drohender Miene oft wiederholten. Um über diese Flüsterworte Auskunft zu erhalten, wurde Janoschovsky vernommen, der endlich (und es kostete nicht wenig Mühe, sein Vertrauen zu gewinnen) bekannte, die Zigeuner hätten sich die Warnung „ma vakher čačipen" sage nicht die Wahrheit, zugeflüstert. In Verfolg dieses Gespräches wurde Janoschovsky der Vorschlag gemacht, gegen eine bessere Entlohnung aus des Verfassers Mitteln Letzterem völlige Lehrstunden in der Zigeuner=Sprache zu geben — und diesem Verkehre verdankt der Verfasser die Nachrichten vom Familienleben der Zigeuner und auch die beiläufige Kenntniß der Zigeuner=Sprache, indem er die von Janoschovsky gemachte Uebersetzung der ihm in der Landessprache vorgesagten

Sätze niederschrieb und so ein Material zusammenbrachte, aus dem es ihm möglich ward, nicht nur viele Wörter zu sammeln, sondern auch gewisse Sprachregeln zu entnehmen und sicher zu stellen.

Was Janoschovsky gelehrt hatte, wurde mit den Angaben der obgenannten Schriftsteller verglichen, und enthielten letztere Angaben Neues, das nicht im Widerspruche mit Janoschovsky stand, wurden auch jene hier aufgenommen, namentlich aber wurde durch Benützung jeder Gelegenheit, mit Zigeunern, wo sie nur immer getroffen werden konnten, in sprachlichen Verkehr zu kommen, die Kenntniß der Sprache möglichst erweitert, auch dabei die Ueberzeugung gewonnen, daß das Erlernte nicht nur von jenen Zigeunern, die in den deutsch-österr. Landen herum- ziehen, sondern auch von den Zigeunern in Italien und Frankreich, mit denen auf Reisen häufige Rücksprache gepflogen wurde, vollkommen verstanden worden, somit Janoschovsky ein gewissenhafter Sprachlehrer gewesen sei.

Die Angabe der Quellen, aus denen der Schreiber dieses geschöpft, dürfte zur Glaubwürdigkeit des Niedergeschriebenen ein Wesentliches beitragen, daß aber diese Blätter überhaupt niedergeschrieben wurden, findet seinen Grund in einem von Ihrer k. k. Hoheit, der durchlauchtigsten Frau Erzherzogin Elisabeth v. Oesterreich einst scherzweise ausgesproche- nen Wunsche nach einer kurzen, einfachen Darstellung der herrschenden Meinungen über die Provenienz, die Sitten und Sprache dieses räthsel- haften Volkes, welchem höchsten Wunsche als einem gnädigsten Befehle nach seinen schwachen Kräften nachzukommen der Schreiber dieses für eine ebenso unabweisliche als für ihn ehrenvolle Pflicht gehalten hat und nur von diesem Standpunkte beliebe das Schriftchen beurtheilt zu werden.

Lautzeichen.

Ob und welcher Schriftzeichen sich die Zigeuner in ihrem Wiegen- lande bedient haben mögen, bleibt hier unberührt. Nur Eines steht fest, daß es die Zigeuner, von denen wir handeln, nicht wissen und überhaupt weder lesen noch schreiben können.

Um die Laute der rom'schen Sprache wiederzugeben, reicht das deutsche Alphabet nicht ganz aus, weßhalb wir einige Buchstaben aus fremder Sprache entlehnen und die im Deutschen nicht vorkommenden Mouillirungen und Kehlenlaute aufnehmen müssen.

Das Alfabet zur Darstellung der Sprachweise der Zigeuner wird sich sonach derartig gestalten:

a, b, c, č, d, ď, e, f, g, h, i, j, k, l, l', m, n, o, p, r, s, š, t, ť, u, v, y, z, ž.

Von der deutschen Leseweise weichen nachstehende Buchstaben ab:

c lautet stets wie z. B. in Zucker, zittern, nie wie ein k.

č (d. i. c mit dem Zeichen ˅) lautet wie das deutsche tsch, oder wie das italienische c in civile.

h ist stets scharf, wie das deutsche ch.

j ist stets Mitlaut, nie Selbstlaut.

k ist desgleichen aspirirt, wie das deutsche k in Khan, und selbst wie das deutsche kch.

š (d. i. s mit einem Zeichen) wird stets ausgesprochen wie sch.

ž (d. i. z mit dem Zeichen) lautet wie das französische j z. B. in jardin.

z lautet wie das französische z z. B. in Zero.

ď l' ň ť (mit dem oft erwähnten Zeichen) lauten mouillirt und klingen wie das französische d l n t in Dieu, feuille, digne, étiole.

Diese Mouillirung sollte eigentlich auch eine verschiedene Schreib= weise nach sich ziehen, je nachdem d l n t von einem Vocale flüssig d. i. mouillirt werden oder nicht, allein da kein Zigeuner eine Auskunft zu geben weiß, Regeln sich nicht abstrahiren lassen, das Ganze nur eine Voraussetzung ist und man sich dem Zigeuner mit und ohne richtig an= gewendeter Mouillirung verständlich machen kann, wollen wir hierüber Weiteres unerörtert lassen und lediglich anführen, daß die Mouillirung der genannten Consonanten bei der Bildung der Declinationfälle und der Conjugationen meist eintritt, wenn diese Consonanten vor einen Vocal zu stehen kommen.

Accentuirte Vocale werden stets gedehnt; darauf muß genau ge= achtet werden, denn das Wegbleiben des Accentes ändert oft die Bedeu= tung. Z. B. čor heißt ein Dieb, čór dagegen ein Armer; jak heißt das Auge, ják das Feuer u. s. w.

Geschlechtswort.

Die Sprache der Zigeuner hat nur zwei Geschlechter. Das männliche Geschlechtswort lautet o, das weibliche i, in der einfachen, e für beide Geschlechter in der vielfachen Zahl. Dieses o, i scheint lediglich eine Abkürzung zu sein von odo, odi, plur. ode, welches dieser, diese und diese (plur.) bedeutet. Uebrigens sagt der Zigeuner auch olo, oli und ole, auch u. z. offenbar fehlerhaft oda für alle Geschlechter und Zahlen, oder le statt ole.

Ein unbestimmter Artikel ist das Wörtlein te (ähnlich dem englischen the) und steht stets vor einem Infinitive, wenn er die Stelle eines Substantivs vertritt. Z. B. das Lernen, te siklarel, er ging betteln, gel'as te mangel.

Der Gebrauch des Artikels ist höchst willkürlich, man sagt eben so richtig džukel the ruv, als o džukel the o ruv, der Hund und der Wolf.

Hauptwort.

Für das Geschlecht der einzelnen Hauptwörter lassen sich nur mangelhafte Regeln aufstellen. Pott hat in seiner Wörtersammlung gar kein Geschlecht angegeben, Puchmayer hat es gethan, allein der Zigeuner Janoschovsky hat in vielen Fällen widersprochen, andere Zigeuner haben wieder zugestimmt, andere wieder für einerlei erklärt, kurz, es hat sich beim Schreiber dieses die Vermuthung, wenn nicht Ueberzeugung herausgestellt, daß die Zigeuner mit einer gänzlichen Gleichgiltigkeit das Geschlecht jener Hauptwörter behandeln, die leblose Dinge bezeichnen, und nur dann das Geschlecht zweifellos berücksichtigen, wenn von lebenden Wesen die Rede ist.

Bei unbelebten Dingen ist eine Bezeichnung des Geschlechtes entweder überhaupt nicht nöthig, d. h. sie sind sprachrichtig nach Belieben des Sprechers männlich oder weiblich, oder ist eine Abstrahirung unterscheidender Regeln bei der dermaligen Corrumpirung der rom'schen Sprache blos unthunlich, weil verschiedene Zigeuner nicht nur das Geschlecht der Unbelebten verschieden angeben, ja sogar die Endsilben, aus denen Regeln zu abstrahiren wären, verschieden aussprechen. So

z. B. nennen einige Zigeuner die Thräne avsa, Andere avs, eine Wurst
goj, andere goich, den Hut heißen Einige stádí, Andere stádin, kurz es
gibt keinen festen Anhaltspunkt zur Bestimmung des Geschlechtes bei
Bezeichnungen lebloser Dinge.

Ohne es als eine Regel ausgeben zu wollen, stellt es sich als eine
Folge mehrfacher Wahrnehmungen heraus, daß die Bezeichnungen leb=
loser Dinge, die auf is, o und os enden, dann auf das eigenthümliche
ben oder pen (welche Silben dem Deutschen heit und keit in Bescheiden=
heit und Heiterkeit z. B. gleichkommen) männlichen, die Hauptwörter,
beziehungsweise Namen lebloser Dinge, die auf a, i, j oder ni endigen,
weiblichen Geschlechtes zu halten wären.

Die Declination eines rom'schen Hauptwortes hat in jeder der
beiden Zahlen (Einzahl und Mehrzahl) sieben Endungen: den Nomi=
nativ, Genitiv, Dativ, Accusativ, Vocativ, Ablativ und den Social.

Bei der Declination des Hauptwortes ist vorerst zu achten, ob es
auf einen der Vocale a, e, o, u ausgehe oder auf einen Consonanten.
Der Vocal wird abgeworfen und dann erst die Beugungssilben ange=
fügt. Schließt das zu declinirende Hauptwort mit einem i, so wird dieses
beibehalten und nur dann ein i abgeworfen, wenn bei der Declination
zwei i zusammenkämen. Schließt das Hauptwort mit einem Consonan=
ten, so werden blos die Beugungssilben angesetzt. Die Beugungssilben sind:

Für Lebende.

Männlich	Weiblich
Einzahl.	
1 —	—
2 —eskéro oder eskri	—akéro oder akri
3 —eske	—ake (auch aške)
4 —es	— a
5 —eja	—ije
6 —estar	—atar
7 — eha.	—aha.
Mehrzahl.	
1 —e oder i	—a oder i
2 —engero oder engri	—engero oder engri

3 —enge   — enge
4 —en   —en
5 —ale   —ale
6 —endar   —endar
7 —enca.   — enca.

Die Leblosen unterscheiden sich in der Declination nur dadurch, daß sie in der ersten und vierten Endung beider Zahlen gleich bleiben. Beispiele sind:

Belebte.

Männlich.   **Weiblich.**

Einzahl.

Nom.	Rom der Mann	Romni die Frau
Gen.	Rom-eskéro -eskri des M.	Romni-akéro oder akri der Frau
Dat.	Rom-eske den Manne	Romni-ake der Frau
Acc.	Rom-es den Mann	Romni-a die Frau
Voc.	Rom-eja o Mann!	Romn-ije o Frau!
Abl.	Rom-estar von dem M.	Romni-atar von der Frau
Soc.	Rom-eha mit dem Manne.	Romni-aha mit der Frau.

Mehrzahl.

Nom.	Rom-e oder i die Männer	Romni-a oder i die Frauen
Gen.	Rom-engero oder engri	Romni-engero oder engri der F.
Dat.	Rom-enge den Männern	—enge den Frauen
Acc.	Rom-en die Männer	— en die Frauen
Voc.	Rom-ale o Männer!	—ole o Frauen!
Abl.	Rom-endar von den M.	—endar von den Frauen
Soc.	Rom-enca m. den Männern	—enca mit den Frauen.

Leblose.

Männlich.   **Weiblich.**

Einzahl.

Nom.	Karialo Fleisch	Kalardi die Küche
Gen.	Karial-eskéro v. eskri d. F.	Kalardi-akéro ob. akri der Küche
Dat.	Karial-eske dem Fleische	Kalardi-ake der Küche
Acc.	Karial-o das Fleisch	Kalardi die Küche

Voc. Karial-eja o Fleiſch! Kalardi-je o Küche!
Abl. Karial-estar von dem F. Kalardi-atar von der Küche
Soc. Karial-eha mit dem Fleiſche. Kalardi-aha mit der Küche.

Mehrzahl.

Männlich.   Weiblich.

Nom. Karial-e ober i die Fleiſche Kalardi-a ober i die Küchen
Gen. Karial-engero o. engri der F. Kalardi-engero o. engri der K.
Dat. Karial-enge den Fleiſchen Kalardi-enge den Küchen
Acc. Karial-e ober i die Fleiſche Kalardi-a ober i die Küchen
Voc. Karial-ale o ihr Fleiſche! Kalardi-ale o Küchen!
Abl. Karial-endar von den Fl. Kalardi-endar von den Küchen
Soc. Karial-enca mit den Fleiſchen Kalardi-enca mit den Küchen

Ausnahmen von obiger Declinationsform machen:

Devel Gott hat im Bocativ Devla.

Muj Mund hat im Dativ moske.

Dad Bater hat im Bocativ Dáde.

Raj Herr hat im Dative sing. Raske, im Bocativ Rája, nicht Rajeja.

Der Zigeuner liebt es, in Diminutiven zu sprechen. Um ein Diminutivum eines Hauptwortes hervorzubringen, bedient er ſich des Beiſatzes oro fürs männliche und ori fürs weibliche Geſchlecht, und ſagt: džukeloro Hündchen, ſtatt džukel Hund; mačkori Kätzchen, ſtatt mačka Katze; čiriklóro Bögelchen, ſtatt čiriklo Bogel u. ſ. w.

Die Steigerung eines durch ein Hauptwort ausgedrückten Begriffes wird nur durch das Zeitwort groß, größer, am größten, báro, bareder und naybareder gegeben.

Beiwort.

In der Regel gehen alle Beiwörter in o oder i aus, je nachdem ſie vor einem männlichen oder weiblichen Hauptworte ſtehen, z. B. báro der Große, bári die Große. Eine Ausnahme machen nur nachſtehende Beiwörter, die auf einen Conſonanten ausgehen und für beide Geſchlechter gelten, als: aver der, die Andere, chór der, die Tiefe, dur der, die Entfernte, kuč der, die Theuere, mižech der, die Schlimme, Böſe, pchuj ber, bie Nichtswürbige, sik ber, bie Geschwinbe unb šukár ber, bie Schöne, Reine, Saubere.

Das Beiwort steht stets unmittelbar vor bem Hauptworte, auf bas es sich bezieht unb wirb vor bem Hauptworte baburch beclinirt, baß ber Enbvocal o ober i abgeworfen unb in ber 2., 3., 5., 6. unb 7. Enbung einfacher Zahl männlichen Geschlechtes burch e, in benselben Enbungen unb Zahl bes weiblichen Geschlechtes burch a, in ber Mehrzahl beiber Geschlechter aber wieber burch ein e ersetzt wirb. In gleicher Weise wirb an bie in einen Consonanten ausgehenben, mit einem Hauptworte zu beclinirenben Beiwörter in ben genannten Enbungen ein e unb a in ber einfachen unb ein e in ber vielfachen Zahl angehängt. Steht aber welches Beiwort immer ohne Hauptwort im Satze, b. h. vertritt es bie Stelle bes Hauptwortes, so wirb es beclinirt, wie vorne bei ben Haupt= wörtern angegeben wurbe. Nachstehenbe Beispiele zur Erläuterung, unb zwar: Declinirung eines auf o unb i enbenben Beiwortes vor bem Hauptworte.

Einzahl.

Männlich.

1 parno máro weißes Brob
2 parne mareskero bes weißen B.
3 parne mareske bem weißen B·
4 parno mares bas weiße Brob
5 parne mareje o weißes Brob!
6 parne maraster vom weißen B.
7 parne mareha m. bem weißen B.

Weiblich.

Loli buchli bas rothe Band
Lola buchliakero bes rothen B.
Lola buchliake bem rothen B.
Loli buchlia bas rothe Band
Lola buchlije o rothes Band!
Lola buchliatar v. bem rothen B.
Lola buchliaha m. bem rothen B.

Mehrzahl.

1 parne mare bie weißen Brobe
2 parne marengero ber weißen B.
3 parne marenge ben weißen B.
4 parne maren bie weißen Brobe
5 parne marále o weiße Brobe!
6 parne marendar mit weißen B.
7 parne marenca von weißen B.

lole buchlia bie rothen Bänber
lole buchliengéro ber rothen B.
lole buchlinge bem rothen Bänb.
lole buchlia bie rothen Bänber
lole buchliále o rothe Bänber!
lole buchliendar mit rothen B.
lole buchlienca von rothen B.

In gleicher Weise werben bie auf einen Consonanten ausgehenben Beiwörter beclinirt, wenn sie vor einem Hauptworte stehen, z. B.

Männlich.   **Weiblich.**

Einzahl.

1 šukár murž der schöne Mann — Mižech romni das böse Weib
2 šukáre muržeskéro des schönen Mannes — Mižecha romniakéro d. bösen W.
3 šukáre muržeske d. schönen M. — Mižecha romniake dem bösen W.
4 šukár muržes den schönen M. — Mižech romnia das böse Weib
5 šukáre muržeja o schöner Mann — Mižecha romnije o böses Weib!
6 šukáre muržestar v. schönen M. — Mižecha romniatar vom bösen W.
7 šukáre muržeha mit dem schö= . nen Manne. — Mižecha romniaha mit dem bösen Weibe.

Mehrzahl.

1 šukáre murže die schönen M. — Mižeche romnia die bösen Weiber
2 šukáre muržengero der schönen Männer — Mižeche romniengero b. bösen W.
3 šukáre murženge b. schönen M. — Mižeche romnienge den bösen W.
4 šukáre muržen die schönen M. — Mižeche romnia die bösen Weiber
5 šukáre muržále o schöne M. — Mižeche romniale o böse Weiber!
6 šukáre muržendar von den schö= nen Männern. — Mižeche romniendar von den bösen Weibern
7 šukáre murženca mit den schö= nen Männern — Mižeche romnienca mit den bösen Weibern.

Steht ein Beiwort aber allein, vertritt es somit ein Hauptwort, so wird es, ob es auf einen Vocal oder Consonanten ausgeht, wie ein Hauptwort declinirt, z. B.

Männlich.   **Weiblich.**

Einzahl.

1 Parno der Weiße — Loli die Rothe
2 parneskéro des Weißen — loliakéro der Rothen
3 parneske dem Weißen — loliake der Rothen
4 parnes den Weißen — lolia die Rothe
5 parneja o Weißer! — lolije o Rothe!
6 parnestar vom Weißen — loliatar von der Rothen
7 parneha mit dem Weißen — loliaha mit der Rothen

Männlich.	Weiblich.

Mehrzahl.

Männlich.	Weiblich.
1 Parne die Weißen	Lola die Rothen
2 parnengéro der Weißen	lolengéro der Rothen
3 parnenge den Weißen	lolenge den Rothen
4 parnen die Weißen	lola die Rothen
5 parnále o Weiße!	lolále o Rothe!
6 parnendar von den Weißen	lolendar von den Rothen
7 parnenca mit den Weißen	lollenca mit den Rothen (versteht sich Frauen)

Endet ein selbststehendes Adjectiv auf einen Consonanten, so wird es declinirt, wie folgt:

Männlich.	Weiblich.

Einzahl.

Männlich.	Weiblich.
1 Mižech der Böse	Šukár die Schöne
2 Mižecheskéro des Bösen	Šukárakéro der Schönen
3 Mižecheske dem Bösen	Šukárakáke der Schönen
4 Mežeches den Bösen	Šukára die Schöne
5 Mižecheja o Böser!	Šukarije o Schöne!
6 Mižechestar vom Bösen	Šukaratar von der Schönen
7 Mižecheha mit dem Bösen.	Šukaráha mit der Schönen.

Mehrzahl.

Männlich.	Weiblich.
1 Mižeche die Bösen	Šukára die Schönen
2 Mižechengéro der Bösen	Šukárengéro der Schönen
3 Mižechenge den Bösen	Šukarenge den Schönen
4 Mižechen die Bösen	Šukára die Schönen
5 Mižechále o Böse!	Šukarále o Schöne!
6 Mižechendar von den Bösen	Šukarendar von den Schönen
7 Mižechenca mit den Bösen	Šukarenca mit den Schönen.

Die zweite Steigerungsstufe eines Beiwortes, oder der Comparativ, wird gebildet durch Anfügung der Silben eder, nur wird der Endvocal eines Beiwortes früher abgeworfen, z. B. lólo rothe; nach Abwerfung des Endvocales o bleibt lol und die comparativischen Silben eder angefügt, gibt den Comparativ loleder der, die röthere. Pchuj nichtswürdig, macht im Comparativ Pchujeder der, die Nichtswürdigere; šukár schön macht sonach im Comparativ šukareder der, die Schönere.

Die dritte Steigerungsstufe oder der Superlativ wird gebildet, wenn man dem Comparativ die Silbe nai oder nei (beides ist bei verschiedenen Zigeunern gebräuchlich) vorsetzt, z. B. loleder röther, nailoleder der, die Rötheste, šukareder schöner, naišukareder der, die Schönste. Es versteht sich von selbst, daß nachdem der Comparativ und Superlativ in einen Consonanten enden, beide in der ersten Endung der Einzahl für männlich und weiblich gleich bleiben und man sagt šukareder rom der schönere Mann und šukareder romni die schönere Frau.

Ausnahmen von dieser Regel bilden nur die beiden Beiwörter láčo gut, welches im Comparativ feder, im Superlativ neyfeder oder nayfeder, und mižech schlecht, welches im Comparative holeder, im Superlativ aber neyholeder oder nayholeder macht.

Der Comparativ und Superlativ werden gerade so wie das Beiwort declinirt, je nachdem sie bei einem Hauptworte oder allein stehen, beziehungsweise dessen Stelle vertreten, z. B. vor einem Hauptworte.

	Männlich.	**Weiblich.**

Einzahl.

	Männlich	Weiblich
1	Feder manuš der bessere Mensch	Feder romni die bessere Frau
2	Federe manuš-eskéro ob. eskri	Federa romni-akéro der bess. F.
3	Federe manuš-eske dem b. M.	Federa romni-ake der bessern Frau
4	Feder manuš-es den bes. M.	Feder romni-a die bessere Frau
5	Federe manuše-ja o besser M.	Federa romni-je o bessere Frau
6	Federe manuš-estar vom b. M.	Federa romni-atar von der b. F.
7	Feder manuš-eha mit d. b. M.	Federa romni-aha mit der b. F.

Mehrzahl.

	Männlich	Weiblich
1	Federe manuš-e bessere M.	Federe romni-a
2	Federe manuš-engéro bes. M.	Federe romni-engéro
3	Federe manuš-enge besseren M.	Federe romni-enge
4	Federe manuš-en bessere M.	Federe romni-en

5 Federe manuš-ale beſſere M.   Federe romni-ale

6 Federe manuš-endar von b. M.   Federe romni-endar

7 Federe manuš-enca mit. b. M.   Federe romni-enca

Vertritt aber das Beiwort, im Comparativ oder im Superlativ ſtehend, die Stelle eines Subjectives, ſo wird es wie dieſes declinirt, z. B.

Männlich.	Weiblich.

Einzahl.

1 Neykaleder der Schwärzeſte	Neyloleder die Rötheſte
2 Neykaleder-eskéro des Sch.	Neyloleder-akéro der Rötheſten
3 Neykaleder-eske dem Sch.	Neyloleder-áke der Rötheſten
4 Neykaleder-es den Sch.	Neyloleder-a die Rötheſte
5 Neykaleder-eja o Sch.!	Neyloleder-ije o Rötheſte!
6 Neykaleder-estar vom Sch.	Neyloleder-atar von der R.
7 Neykaleder-eha mit Sch.	Neyloleder-aha mit der R.

Mehrzahl.

1 Neykoleder-e die Schwärzeſten	Neyloleder-a die Rötheſten
2 — engéro der Schwärzeſten	—engéro der Rötheſten
3 —énge den Schwärzeſten	—enge den Rötheſten
4 —en die Schwärzeſten	—en die Rötheſten
5 —ale o Schwärzeſte!	—ale o Rötheſte!
6 —endar von den Schwärzeſten	—endar von den Rötheſten
7 —enca mit den Schwärzeſten	—enca mit den Rötheſten.

Das Beiwort kann auch diminuirt werden nach derſelben Weiſe, wie es bei den Hauptwortern geſchieht, nämlich durch Anfügung der Silben oro für das männliche und ori für das weibliche Geſchlecht, wobei, wenn das Beiwort in einen Vocal endet, dieſer vorerſt abgeworfen wird, z. B. lólo hat in der Verkleinerungsſtufe lolóro, lóli die Rothe, macht lolóri; šukar ſchön, macht šukáróro fürs männliche, šukáróri fürs weibliche Geſchlecht; mižech ſchlecht, macht im Diminutivo mižechóro fürs männliche und mižechóri fürs weibliche Geſchlecht, und kann declinirt werden wie das urſprüngliche Beiwort.

Zahlwort.

Die Grundzahlen heißen:

1 Jek
2 duj
3 trin
4 štar
5 panč
6 šov
7 efta
8 ochto
9 eňia
10 deš
11 dešujek d. i. zehn und eins
12 dešuduj d. i. zehn und zwei
13 dešutrin d. i. zehn und drei u. s. w.
14 dešuštar
15 dešupanč
16 dešušov
17 dešefta
18 dešochto
19 dešeňia
20 biš
21 biš the jek d. i. zwanzig und eins
22 biš the duj d. i. zwanzig und zwei u. s. w.
30 trianda
31 trianda the jek d. i. dreißig und eins u. s. w.
40 duvarbiš d. i. zweimal zwanzig
41 duvarbiš the jek d. i. zweimal zwanzig und eins u. s. w.
50 je paš šel d. i. jek paš šel, ein halbes Hundert
51 je paš šel the jek d. i. ein halbes Hundert und eins u. s. w.
60 trin var biš d. i. dreimal zwanzig
61 trin var biš the jek d. i. dreimal zwanzig und eins
70 efta var deš d. i. siebenmal zehn
71 efta var deš the jek d. i. siebenmal zehn und eins
80 ochto var deš oder štar var biš d. i. viermal zwanzig

81 ochto var dešujek ober štar var biš the jek b. i. viermal zwanzig unb eins u. s. w.

90 eñia var deš b. i. neunmal zehn

91 eñia var deš the jek b. i. neunmal zehn unb eins

100 šel

101 šel jek b. i. hunbert eins u. s. w., 102 šeldui u. s. w.

200 duj šel

300 trin šel

400 štar šel

500 panč šel

600 šov šel

700 efta šel

800 ochto šel

900 eñia šel

1000 deš var šel b. i. zehnmal hunbert

2000 biš var šel b. zwanzigmal hunbert

3000 trianda var še' b. i. breißigmal hunbert

4000 duvarbiš deš var šel b. i. zweimal zwanzigmal hunbert

5000 jek paš šel deš var šel b. i. halb hunbertmal hunbert

6000 trin var bis deš var šel b. i. breimal zwanzigmal hunbert

7000 efta var deš var šel b. i. siebenmal zehnmal hunbert

8000 štar var biš deš var šel b. i. viermal zwanzigmal hunbert

9000 eñia var deš var deš var šel b. i. neunmal zehnmal hunbert

10000 deš var deš var šel b. i. zehnmal zehnmal hunbert.

Solcher hohen Ziffern bedient sich aber der Zigeuner nicht, wahrscheinlich weil er ihrer zur Bezeichnung seiner Bedürfnisse nie benöthigt. Die Ziffer 1000 ist wahrscheinlich die höchste, die er vielleicht als Vermittler am Pferdemarkte braucht; dann aber drückt er sich viel einfacher in der landesüblichen Sprache aus und sagt, vielleicht auch der Kürze wegen für Tausend, wenn er ein böhmischer Zigeuner ist, tisicos, nämlich böhmisch tisíc mit der zigeunerischen Endsilbe os, ist er ein ungarischer Zigeuner, wird er Tausend mit jezeris ausdrücken, weil ezer ungarisch Tausend heißt; der französische und italienische Zigeuner bedienen sich des Wortes mille zur Bezeichnung der genannten Ziffer.

Die laufende Jahreszahl 1867 wird dem Gesagten nach in reiner zigeunerischen Mundart lauten: Deš ochto var šel, trin var biš the efta b. i. achtzehnmal hundert, dreimal zwanzig und sieben. Stehen die Grundzahlen vor einem Hauptworte, so bleiben sie unverändert in allen Endungen, vertreten sie aber die Stelle eines Hauptwortes, d. h. stehen sie allein, werden sie so wie die Beiwörter im ähnlichen Falle abgeändert, z. B.

Männlich.	Weiblich.
1 Jek ein	Jek eine
2 Jek-eskéro eines	Jek-akéro einer
3 Jek-eske einem	Jek-ake einer
4 Jek-es einen	Jek-a eine
5 Jek-eja einer!	Jek-ije o eine!
6 Jek-estar von einem	Jek-atar von einer
7 Jek-eha aus einem	Jek-aha aus einer.

Selbstverständlich hat jek keine Mehrzahl, so wie die übrigen Grundzahlen wieder keine Einzahl haben und wenn sie allein stehen, declinirt werden, wie folgt:

Männlich.	Weiblich.
1 trin drei	trin drei
2 trin-engéro dreier	trin-engero dreier
3 trin-enge dreien	trin-enge dreien
4 trin-en drei	trin-en drei
5 trin-ale o drei!	trin-ale drei!
6 trin-endar von dreien	trin-endar von dreien
7 trin-enca aus dreien	trin-enca aus dreien.

Aus den Grundzahlen werden Ordnungszahlen, wenn die adjectivischen Silben to fürs männliche und ti fürs weibliche Geschlecht angefügt werden. Sie heißen:

Der Erste Jek-to, Jek-ti die Erste; auch wird von dem Zigeuner, freilich mittelst Entlehnung aus dem Deutschen, für jekto fast stets ersto, ersti gebraucht.

duito-i oder aver der 2te, die 2te, oder der, die andere

trinto-i der, die 3te, auch trito-i

štarto-i der, die 4te

pančto-i der, die 5te

šovto-i der, die 6te

eftato-i der, die 7te

ochtato-i der die 8te

eñiato-i der, die 9te

dešto-i der, die 10te

dešujekto-i der, die 11te

deš dujto-i oder dešaver, der, die 12te u. f. w.

bišto-i der, die 20fte

biš jekto-i oder biš ersto der 21fte u. f. w.

triandato-i der 30fte, oder auch triando-i

duvarbišto-i der 40fte

jek pašelto-i der 50fte

jek pašel-ersto-i oder jekto der 51fte u. f. w.

trin var bišto-i der 60fte

trin var biš dujto-i der 62fte u. f. w.

efta var dešto-i der 70fte

ochto var dešto-i der 80fte

oñia var dešto-i der 90fte

šelto-i der, 100fte

dui šelto-i der, die 200fte

jezeristo-i der, die 1000fte

jezeris ersto-i der, die 1001fte u. f. w.

jezeris aver oder jezeris dujto-i der 1002te.

duj jezeristo-i der, die 2000fte u. f. w.

Diese Ordnungszahlen werden als reine Adjectiva in Betracht genommen und genau nach den Formen declinirt, wie wirkliche Beiwörter.

Die Vervielfältigungszahlen werden aus den Grundzahlen gebildet durch Anfügung der Silbe var oder bei Manchen val, welche Silbe „Mal“ bedeutet, z. B.

jekvar einmal

dujvar zweimal

dešvar zehnmal

bišvar zwanzigmal

triandavar dreißigmal

dujvar biš var vierzigmal

pašel var fünfzigmal

trivalbišvar sechzigmal

eftavardešvar siebenzigmal

ochtovardešval achtzigmal

eñiavardešval neunzigmal

šelvar hundertmal

jezerisvar tausendmal.

„Ein Millionmal" wird sonach ausgedrückt werden müssen mit: dešvar šel jezerisvar d. i. zehnmal hundert tausendmal u. f. w. und z. B. einundachtzigmal wird heißen: ochto var deš the jakvar d. i. achtmal zehn und einmal.

Die Bezeichnung der B r u c h t h e i l e ist, mit Ausnahme jener für ein halbes „paš," aus fremden Sprachen entlehnt. Der Zigeuner nennt:

Ein Viertel firtla, besser, wenn auch seltener gartiri.

Ein Halbes paš.

Drei Viertel trin firtla, trin gartira.

Vier Viertel štar firtla.

Ein Fünftel pančto paš.

Ein Sechstel šovto paš.

Ein Siebentel eftato paš u. f. w.; somit wird mit paš nicht nur die Hälfte, sondern auch „der Theil," z. B. der 7. Theil bezeichnet. Ein Zweihundertstel wird sonach heißen duj šelto paš; $^6/_{100}$ werden bezeichnet werden mit šov šelto paš und $^5 1/_{80}$ wird mit je paš šel the jek ochto var dešto paš übersetzt werden müssen.

Die Bezeichnung der Tagesstunden ist gleichfalls den fremden Sprachen entnommen. Die Stunden, die die Uhr zeigt, werden mit den Ordnungszahlen gegeben. Für Stunde hat der Zigeuner keinen Ausdruck und bedient sich des fremden „štunda". Die Bezeichnung kóra für Stunde ist vielen Zigeunern unbekannt, in Italien aber von Zigeunern angewendet. Es heißt ein Uhr jek štunda, zwei Uhr duj štundy u. f. w.

Ein Viertel auf ein Uhr heißt firtla oder gartiri pro jek, oder pro jekti stunda.

Halb zwei Uhr paš dujto.

Drei Viertel auf acht Uhr trin firtli pro ochto oder trin firtli pro ochtata stunda.

Mittag's heißt mittagos

Mitternacht pašrat. d. i halbe Nacht.

All' heißt savóro.

Beide wird mit soduj, alle drei mit sotrin, alle hundert mit sošol ausgedrückt u. s. w. Zwei zu Zweien, Drei zu Dreien, oder je zwei, je drei wird gegeben durch duj the duj, trin the trin u. s. w., z. B. Alle Männer spielten zwei zu zweien, die Frauen drei zu dreien: Savore murže bašavenas duj the duj, romnia trin the trin.

Das Fürwort.

Das persönliche Fürwort heißt und wird declinirt, wie folgt:

Einzahl.

1 me ich	tu du	jov er	joi sie
2 man meiner	tut deiner	leskéro seine	lakéro ihrer
3 mange mir	tuke dir	leske ihm	lake ihr
4 man mich	tut dich	les ihn	la sie
5 me o ich!	tu du!	jov er!	joi sie!
6 mandar a. m.	tutar aus dir	lestar aus ihm	latar aus ihr
7 manca mit m.	tuha mit dir	leha mit ihm	laha mit ihr.

Statt mange und tuke sagt der Zigeuner auch man, tut, wenngleich fehlerhaft.

Mehrzahl.

1 amen wir	tumen ihr	jon sie, männl. u. weib.
2 amen-géro unser	tumen-géro euer	lengéro ihrer
3 amenge uns	tumenge euch	lenge ihren
4 amen uns	tumen euch	len sie
5 amen wir!	tumen ihr!	jon sie!
6 amendar aus uns	tumendar aus euch	lendar aus ihren
7 amanca mit uns	tumenca mit euch	lenca mit ihren

Ganz fehlerhaft sprechen manche Zigeuner statt amenge, tumenge auch amen, tumen.

Das zueignende Fürwort wird ganz wie ein Adjectiv declinirt, somit je nachdem es vor einem Hauptworte oder allein steht. Es heißt in der:

Einzahl.

1 mro meiner	mri meine
2 mreskéro meines	mrakéro meiner
3 mreske meinem	mrake meiner
4 mres meinen	mra meine
5 mreja o meiner!	mrije o meine! (statt mraije)
6 mrestar von meinem	mratar von meiner
7 mreha mit meinem	mraha mit meiner.

Mehrzahl.

1 mre die Meinen (männlich und weiblich).
2 mrengero der Meinen
3 mrenge den Meinen
4 mre die Meinen
5 mrále o Meine!
6 mrendar aus Meinen
7 mrenca mit Meinen.

Einige Zigeuner sagen statt mro, mreskéro, mreske, mrakéro und mrake auch miro, mireskéro, mireske, miriakéro und miriáke, wahrscheinlich aus Rücksicht des Wohllautes.

Einzahl.

1 Tro dein	Tri deine
2 Treskéro deines	Trakéro deiner
3 Treske deinem	Trake deiner
4 Tres deinen	Tra dein
5 Treja dein	Trije o deine!
6 Trestar aus deinem	Tratar aus, von deiner
7 Treha mit deinem	Traha mit deiner.

Mehrzahl (männlich und weiblich).

1 Tre deine
2 Trengéro deiner
3 Trenge deiner
4 Tre deine
5 Trale o deine!

6 Trendar aus (ober) von deiner
7 Trenca mit deiner.

Einzahl.

1 Leskro ober Peskro Sein	Leskri ober Peskri Seine
2 Leskréro Seines	Leskréro Seiner
3 Leskre Seinem	Leskre Seiner
4 Leskres Seinen	Leskra Seine
5 Leskreja Sein	Leskrije Seine!
6 Leskrestar aus Seinem	Leskratar aus Seiner
7 Leskreha mit Seinem	Leskraha mit Seiner.

Mehrzahl (männlich und weiblich).

1 Leskri Ihre
2 Leskrengéro Ihrem
3 Leskrenge Ihren
4 Leskre Ihre
5 Leskrále Ihre
6 Leskrendar aus (ober) von Ihren
7 Leskrenca mit Ihren.

Einzahl.

1 Lákro Ihres	Lákri Ihre
2 Lakréro Ihres	Lakréro Ihrer
3 Lákre Ihrem	Lákre Ihrer
4 Lakres Ihren	Lákra Ihre
5 Lákreja Ihres!	Lakrije Ihre o!
6 Lakrestar aus Ihrem	Lakratar aus Ihrer
7 Lakreha mit Ihrem.	Lakraha mit Ihrer.

Mehrzahl (für beide Geschlechter).

1 Lakri Ihre
2 Lakrengéro Ihrer
3 Lakrenge Ihren
4 Lakre Ihre
5 Lakrále Ihre o!
6 Lakrendar von (ober) aus Ihren
7 Lakrenca mit Ihren.

amáro, amari unſer, unſere

tumáro, tumari euer, euere

lengéro, lengéri ihr, ihre, gehen ganz in derſelben Art, wie die Beiwörter. Zur Behebung jedes Zweifels wird hier noch eine Declination des zueignenden Fürwortes aufgeführt, das vor einem Subſtantive ſteht, z. B.

Männlich.   Weiblich.

Einzahl.

1 mro rom mein Mann	tumári rani eure Frau
2 mre romeskro	tumára raniakro und raniakéro
3 mre romeske	tumára raniake
4 mro romes	tumári rania
5 mre romeja	tumára rani
6 mre romestar	tumára raniatar
7 mre romeha	tumára raniaha.

Mehrzahl.

1 mre romále	tumáre rania
2 mre romengro	tumáre raniengéro-raniengro
3 mre romenge	tumáre ranienge
4 mre romen	tumáre rania
5 mre romale	tumáre raniale
6 mre romendar	tumáre raniendar
7 mra romenca	tumáre ranienca.

Das zurückführende Fürwort mich, dich, ſich heißt pes; es wird im Genitiv peskéro ſeiner, im Dativ peske ſich, im Accuſativ pes ſich, im Ablativ pestar aus ſich, endlich im Social peha mit ſich, declinirt; ſelbſtverſtändlich mangelt bei dieſem Fürworte der Nominativ, Vocativ und der Plural gänzlich, wie im Deutſchen. Z. B. ich habe mich geſchnitten, me pes čindom, er hat ſich gefürchtet, jov pes darčomas. Auch ſagt der Zigeuner man pes čindom ich habe mich geſchnitten, das eigentlich wörtlich heißt, „mich ſich geſchnitten habe.“

Unperſönlich ſind die Fürwörter ko wer und so was. Bei Letzterem iſt zu bemerken, daß dieſes Wörtlein so Veranlaſſung geben könnte zu der Ansicht, als gäbe es dennoch in der Zigeunersprache ein von dem männlichen und weiblichen verschiedenes, somit noch drittes Geschlecht, allein Sprachforscher meinen, es sei dieses Vorkommen kein grammatikalischer, sondern blos ein lexicalischer vereinzelter Fall. Dasselbe tritt ein bei vareso Etwas, niko Niemand.

ko wer, so was und ništ nichts, werden eben auch declinirt u. z.:

1	ko wer	so was	ništ nichts	
2	kaskéro wessen	soskéro wessen	nihoskéro nichts	
3	kaske wem	soske wem	nihoske	„
4	kas wen	so was	ništ	„
5	ko wer	so was	ništ	„
6	kastar aus wem	sostar woraus	nihostar aus nichts	
7	kaha mit wem	soha womit	nišoha mit nichts.	

korkoro (m.), korkori (f.) selbst; havo, havi welcher, welche; savóro, savori alle, werden ganz regelmäßig declinirt.

Zeitwort.

Die Behandlung des rom'schen Zeitwortes unterliegt einiger Schwierigkeit; es ist ganz unmöglich, diesfalls von den Zigeunern Aufklärung zu erlangen, denn keiner hat so viel Fähigkeit, um die diesfalls gestellten Fragen aufzufassen. Der Zigeuner hat keinen Begriff von dem Unterschiede einer halb, völlig und längstvergangenen Zeit, keinen Begriff von einem Conjunctiv und auch in den wenigsten Fällen von einer passiven Form.

Nur hypothetisch lassen sich nachstehende Regeln erkennen: Die rom'schen Zeitwörter scheinen zu zerfallen 1. in Hilfszeitwörter, 2. in regelmäßige, 3. in unregelmäßige, 4. in unpersönliche.

1. Hilfszeitwörter.

Diese sind höchst unvollständig, ergänzen eines das andere, und haben nebenbei noch eine andere Bedeutung. Sie heißen ačel sein und avel werden; allein ačel heißt auch noch sich befinden, bleiben, wohnen, stehen, und wird dann anders conjugirt, ebenso wie avel, das neben

werden aber auch „kommen" heißt. Hier sollen ačel und avel nur
als Hilfszeitwörter behandelt werden. Sie werden conjugirt, wie folgt:

Indicativ.
Gegenwart.

Sing.
1. Person Som ich bin, oder me som
2.   „   Sal du bist oder tu sal
3.   „   Hi er ist oder jov hi

Plur.
1.   „   Sam wir sind oder amen sam
2.   „   San ihr seid oder tumen san
3.   „   Hi oder His sie sind oder jon hi oder his.

Vergangenheit.

1 me somas ich war oder bin gewesen
2 tu salas du warst oder bist gewesen
3 jov (joi) has er (sie) war oder ist gewesen
1 amen samas wir waren oder sind gewesen
2 tumen sanas ihr wart oder seid gewesen
3 jon has sie waren oder sind gewesen.

Zukunft.

1 me avava ich werde
2 tu aveha du wirst
3 jov (joi) avela er (sie) wird
1 amen avaha wir werden
2 tumen avena ihr werdet
3 jon avena sie werden.

Conjunctiv.
Gegenwart.

1 me avavas ich wäre oder würde
2 tu avehas du wärst oder du würdest
3 jov (joi) avelas er wäre oder er würde
1 amen avahas wir wären oder wir würden
2 tumen avenas ihr wäret oder ihr würdet
3 jon avenas sie wären oder sie würden.

Vergangenheit.

1 me avlómas ich wäre oder würde gewesen

2 tu avlálas du wärst oder würdest gewesen

3 jov (joi) avlas er wäre oder würde gewesen

1 amen avlamas wir wären oder würden gewesen

2 tumen avlanas ihr wärt oder würdet gewesen

3 jon avlas sie wären oder würden gewesen.

Zukunft.

1 me avlahas wenn ich würde werden

2 tu avlahas wenn du würdest werden

3 jon (joi) avlahas wenn er würde werden

1 amen avlahas wenn wir würden werden

2 tumen avlahas wenn ihr würdet werden

3 jon avlahas wenn sie würden werden.

Gebietende Art.

ač sei, ačen ihr und sie sollen sein.

Infinitiv.

te ačel, das Sein oder Sein.

Statt me som, tu sal, amen sam, tumen san, dann statt somas salas, sanas, sprechen einige Zigeuner, namentlich durchgehends die ungarischen, me hom, tu hal, amen ham, tumen han, dann homas, halas und hanas. Auf den ersten Blick wird man gewahr, daß das soeben behandelte Hilfszeitwort eigentlich nur eine gegenwärtige und vergangene Zeit habe, die übrige Zeit und Art von einem andern Zeitworte entlehne. Um nicht undeutlich zu werden, wollen wir die entlehnte Zeit und Art auch dort wieder hinsetzen, resp. wiederholen, woher sie genommen zu sein scheinen und es dürfte das zweite Hilfszeitwort avel dasjenige sein, welches Aushilfe leisten muß und nachstehend conjugirt wird.

Indicativ.

Gegenwart.

1 me av ich werde

2 tu es du wirst

3 jov (joi) el er (ſie) wirb
1 amen as wir werben
2 tumen en iħr werbet
3 jon en ſie werben.

Vergangene Zeit.

1 me avďom ober avl'om ich bin geweſen
2 tu avďal ober avl'al bu biſt geweſen
3 jon (joi) avďas ober avl'as er (ſie) iſt geweſen
1 amen avďam ober avl'am wir ſinb geweſen
2 tumen avďan ober avl'an iħr ſeib geweſen
3 jen avde ober avle ſie ſinb geweſen.

Künftige Zeit.

1 me ava ich werbe
2 tu eha bu wirſt
3 jov (joi) ela er (ſie) wirb
1 amen aha wir werben
2 tumen ena iħr werbet
3 jon ena ſie werben.

Conjunctiv.

Gegenwart.

1 me avas ich würbe
2 tu ehas bu würbeſt
3 jov (joi) elas er (ſie) würbe
1 amen ahas wir würben
2 tumen enas iħr würbet
3 jon enas ſie würben.

Vergangene Zeit.

1 me avďomas ober avlomas ich würbe geworben
2 tu avďalas ober avlalas bu würbeſt geworben
3 jov (joi) avďahas ober avlahas er würbe geworben

1 amen avďamas oder avlamas wir würden geworden
2 tumen avďanas oder avlanas ihr würdet geworden
3 jon avďahas oder avlahas sie würden geworden.

Künftige Zeit.

1 me avavas ich würde werden
2 tu avehas du würdeſt werden
3 jon (joi) avelas er (ſie) würde werden
1 amen avahas wir würden werden
2 tumen avenas ihr würdet werden
3 jon avenas ſie würden werden.

Imperativ.

av werde, aven ihr, ſie ſollen werden.

Infinitiv.

to avel das Werden.

Das deutſche Hilfszeitwort „Haben" hat der Zigeuner nicht, er bedient ſich zum Erſatze einer Umſchreibung, indem er ſtatt „ich habe" ſagt: mir iſt, mange hi grai, mir iſt ein Pferd; amenge has o ker, uns war ein Haus; mra romnienge has e džukel, meiner Frau war ein Hund u. ſ. w. durch alle Arten, Zeiten und Perſonen.

2. Regelmäßige Zeitwörter.

Alle Zeitwörter der rom'ſchen Sprache gehen im Infinitive in el aus; z. B. ačel, avel, pijel, bičavel, siklárel, baróvel (wohnen, kommen, trinken, ſchicken, lehren und wachſen). Der Beſtand eines Infinitives aber wird von Puchmayer geläugnet, indem er ſagt„ der Infinitiv mangelt und wird durch die Partikel te erſetzt, welche Behauptung er durch das Beiſpiel „de mange te pijel" (gib mir zu trinken) zu documentiren trachtet. Allein es wird wohl Niemanden geben, der in jenem Beiſpiele die Partikel te für den Erſatz eines Infinitives halten würde, da der Infinitiv pijel doch offen da ſteht, und wir haben nur der unläugbaren Thatſache, daß alle Zeitwörter im Infinitive auf el enden, beizufügen, daß die Partikel te ſtets dem Infinitive vorgeſetzt zu werden pflegt.

Aus jedem Infinitive wird in der Regel durch Abwerfung der infini-
tivischen Endsilbe el das Wurzelwort dargestellt, welches sogleich auch
den Imperativ bildet, z. B. ačel sein, siklárel lehren, wird der infiniti-
vische Ausgang el abgeworfen, verbleibt ač sei du und siklár lehre.

Eine Ausnahme von der Bildung des genannten Imperatives
machen nur die hier folgenden einsilbigen del geben, lel tragen, bringen,
welche dem Imperativ in de und le formen, dann džavel gehen und
chavel essen, welche im Imperative dža, cha, haben.

Aus dem Imperative oder Wurzelworte bildet man alle beliebigen
Arten, Zeiten, Personen und Zahlen des zu conjugirenden Zeitwortes,
wenn man dem Wurzelworte oder Imperative die entsprechende Art, Zeit,
Person und Zahl des vorne aufgeführten Hilfszeitwortes avel anfügt,
z. B. „bičavel schicken, hat im Imperativ (durch Abwerfung der infini-
tivischen Endsilbe el) bičav; will man nun die erste Person einfacher Zahl,
gegenwärtiger Zeit, anzeigender Art aus dem Imperativ bičav bilden,
so braucht man nur dieselbe Person, derselben Zahl, Zeit und Art von
avel, nämlich av, anzuhängen, und man hat dann bičav-av, ich schicke,
demgemäß heißt bičav-ava ich werde schicken, bičav-eha du wirst schicken,
bičav-ela er wird schicken, u. s. w.

Von dem Imperative oder dem Wurzelworte wird auch die vergangene Zeit gebildet und zwar eben auch, indem man ihm das Perfectum des Hilfszeitwortes avel anfügt.

Wir haben das Perfectum des Hilfszeitwortes avel aufgeführt,
mit avďom oder avl'om.

Hier gilt es Mehreres zu beobachten. Das Perfectum avďom oder
avl'om ist wieder zusammengesetzt aus dem Wurzelworte av und dem
Präsensindicativ des Hilfszeitwortes ačel, nämlich som; eigentlich sollte
das Perfectum von avel lauten av-som, allein hier ist eine Sprachge-
bräuchlichkeit vorherrschend.

Wir übergehen hier die Ursache, aus welcher bei der Bildung des
Perfectums eines Zeitwortes wieder das Präsens des Hilfszeitwortes
ačel in Anwendung kommt, und begnügen uns mit der Thatsache des
Sprachgebrauches, können aber die Bemerkung nicht übergehen, daß bei
der Bildung des Perfectums eines Zeitwortes, das Hilfszeitwort som
nicht in unveränderter Form, in Anwendung kommt. Ueber die Aenderung

der Form som bei Bildung des Perfectums werden nachstehende Regeln genügen:

1. In der Regel geht bei der Bildung des Perfectums, das dem Wurzelworte anzuhängende som in čom über, z. B. čorel heißt stehlen, der Imperativ ist čor stehle; will ich das Perfectum daraus bilden, muß ich zu čor das Hilfszeitwort som mit der Abänderung in čom setzen und čorčom bilden, d. h. ich habe gestohlen; weiter wird dann declinirt čor-čal du hast gestohlen, čorčas er hat gestohlen, čorčam, čorčan, čorde wir, ihr, sie haben gestohlen u. s. w.

2. Endigt die Wurzel oder der Imperativ eines Zeitwortes in č, g, ch, k, t, nd oder m, so wird das som bei Anfügung Behufs der Bildung des Perfectums nicht in čom, sondern in l'om abgeändert. Z. B. phučel fragen, Imperativ phuč macht im Perfecto nicht phuč-čom, sondern phuč-lom; mangel bitten, Imperativ mang hat im Perfecto nicht mang-čom sondern mang-l'om; kamel lieben, Imperativ kam, hat im Perfecto nicht kam-čom, sondern kam-lom.

3. Endet die Wurzel oder der Imperativ eines Zeitwortes in s oder š, so wird das in Perfecto anzusetzende som, weder in čom noch in lom, sondern in tom abgeändert, z. B. kušel zanken, Imperativ ist kuš, hat im Perfecto kuštom; košel, reinigen, Imperativ koš, hat im Perfecto koštom; bešel laufen, beš im Imperative, macht im Perfecto beš-tom u. s. w.

4. Die Zeitwörter, die im Infinitive auf ovel ausgehen, nehmen im Perfecto statt des som' die Silben il'om an, oder som geht in il'om über, z. B. baróvel wachsen hat im Imperative bárov, wird somit im Perfecto haben bárov-il'om ich bin gewachsen, bárov-il'al du bist gewachsen, bárov-il'as er oder sie ist gewachsen, bárov-il'am, bárov-il'an, bárov-ile, wir, ihr, sie sind gewachsen.

Bei diesem erlaubt sich der Zigeuner eine Abkürzung und wird statt bárov-il'om meist sagen bár-il'om, bár-il'al, bár-il'as, bár-il'am, bár-il'an, bár-il'e.

Das Mittelwort der Gegenwart, participe présent, entsteht, wenn man dem Wurzelworte oder Imperative die Silben indos anhängt, z. B. činel schreiben, hat im Imperative čin, wird das Participe présent machen čin-indos schreibend.

Das Mittelwort der vergangenen Zeit (participe passé) wird von

4*

der vergangenen gebildet, indem man das m am Ende wegläßt und die Mouillirung verschwinden macht z. B. čorel stehlen, hat im Imperative čor, im Perfecto čor-čom, im Participe passé, čordo. Dieses Particip erscheint als ein reines Beiwort, wird daher im weiblichen Geschlechte čordi lauten.

Neben diesen gegebenen allgemeinen Regeln muß noch insbesondere angeführt werden, daß bei den Zeitwörtern auch auf die, dem allen gleich zukommenden el im Infinitive vorgehende Silbe zu merken sein wird, wodurch sich herausstellen wird, daß sich alle regelmäßigen Zeitwörter in 4 Kategorien eintheilen lassen, nämlich je nachdem sie auf einfaches el, oder auf arel, avel oder ovel ausgehen, z. B. pijel trinken, siklárel kehren, bašável spielen und baróvel wachsen.

Aus den meisten der auf ein einfaches el endenden Zeitwörter kann die Kategorie in arel und avel gebildet werden, wodurch aber die Bedeutung wesentlich geändert wird. Z. B. asel lachen, hat im Imperativ as und im Indicativ Präs. erster Person as-av ich lache. Aus asel kann man auch asarel machen, welches dann im Imperativ asar und in der ersten Person Indicativi asar-av hat, dann aber bedeutet: ich mache lachen: würde man aus asel asavel machen, so würde der Indicativ Präs. asav-av werden und ich pflege zu lachen bedeuten.

Es ist daraus zu entnehmen, daß der Ausgang in arel den Begriff einer Thätigkeit oder Verursachung, der Ausgang avel aber den Begriff einer Fortdauer oder Eröfterung des Zustandes ausdrücken.

Die Ausgangsform in ovav schließt stets den Begriff einer Passivität des Subjectes in sich. Diese Zeitwörter sind meist aus Beiwörtern gebildet, z. B. krno-i heißt faul, krn-ovav ich verfaule; báro heißt groß, baró-vav ich werde groß oder wachse. Wollte man beispielsweise sagen: „ich thue oder verursache, daß ich wachse" müßte man es mit barov-árav und „ich pflege zu wachsen" mit barov ávav ausdrücken.

Alle regelmäßigen Zeitwörter werden auf gleiche Weise conjugirt, nur ist bei jenem auf óvav eine durch die Abkürzung entstehende Weise sprachgebräuchlicher. Wir werden daher zweierlei Conjugationsformen aufstellen, nämlich die der Zeitwörter, deren Infinitiv in el, arel, und avel endet, dann jener, die in ovel enden. Das nachstehende Schema wird zur Erläuterung und Uebersicht dienen.

I. Conjugationsform der Zeitwörter in
el   árel   avel.

Infinitiv.

Kerel, thun, arbeiten	siklárel lehren	bašavel spielen

Imperativ.

Ker thue	siklar lehre	bašav spiele

Anzeigende Art, thätig.
Gegenwart.

me ker-av ich thue	me siklár-av ich lehre	me bašav-av ich spiele
tu ker-es du thust	tu —es du lehreſt	tu — es du spieleſt
jov (joi) ker-el er (ſie) thut	jov (joi) —el er (ſie) lehrt	jov (joi) - el er spielt
amen ker-as wir thuen	amen — as wir lehren	amen — as wir spielen
tumen ker-as ihr thuet	tumen —as ihr lehret	tumen — as ihr spielet
jon ker-en ſie thun	jon —en ſie lehren	jon — en ſie spielen.

Vergangenheit.

me ker-dom ich habe gethan	me siklár-dom ich habe gelehrt	me basav-dom ich habe gespielt
tu —dal du haſt gethan	tu — dal du haſt gelehrt	tu — dal du haſt gespielt
jov (joi) — das er hat (ſie) gethan	jov (joi) —das er (ſie) hat gelehrt	jov (joi - das er (ſie) hat gespielt
amen — dam wir haben gethan	amen — dam wir haben gelehrt	amen — dam wir haben gespielt
tumen —dan ihr habt gethan	tumen — dan ihr habt gelehrt	tumen — dan ihr habt gespielt
jon — de ſie haben gethan	jon — de ſie haben gelehrt.	jon — de ſie haben gespielt.

Zukunft.

me ker-ava ich werde thun	me siklár-ava ich werde lehren	me bašav-áva ich werde spielen
tu — eha du wirſt thun	tu — eha du wirſt lehren	tu — eha du wirſt spielen
jov (joi) —ela er wird thun	jov (joi) - ela er (ſie) wird lehren	jov (joi) — ela er (ſie wird spielen
amen —aha wir werben thun	amen — äha wir werben lehren	amen — aha wir werben spielen

| tumen – ena ihr werdet thun | tumen — ena ihr werdet lehren | tumen — ena ihr werbet spielen |
| jon – ena sie werden thun | jon — ena sie werden lehren | jon — ena sie werben spielen. |

Mittelwort.

Gegenwärtiges.

| Ker-indos thuend | siklár-indos lehrend | bašav-indos spielend |

Vergangenes.

| ker-do—i, der, die Ge- thane | siklár-do-i der, die Ge- lehrte | bašav-do-i der, die Ge- spielte |

Verbindende Art.

Gegenwart.

me ker-avas ich thäte	me siklár-avas ich lehrte	me bašav-avas ich spielte
tu — ehas du thätest	tu — ehas du lehrtest	tu — ehas du spieltest
jov (joi)—elas er (sie) thäte	jov (joi) - elas er lehrte	jov (joi)- elas er (sie) spielte
amen—ahas wir thäten	amen — ahas wir lehrten	amen — ahas wir spiel- ten
tumen—enas ihr thätet	tumen—enas ihr lehrtet	tumen—enas ihr spieltet
jon —enas sie thäten	jon — enas sie lehrten	jon —enas sie spielten.

Vergangenheit.

me ker-domas ich hätte gethan	me siklar - domas ich hätte gelehrt	me bašav - domas ich hätte gespielt
tu — delas du hättest gethan	tu — delas du hät- test gelehrt	tu — delas du hät- test gespielt
ov (joi) - dehas er (sie) hätte gethan	jov (joi) — dehas er (sie) hätte gelehrt	jov(joi) — dehas er (sie) hätte gespielt
amen — damas wir hät- ten gethan	amen — damas wir hätten gelehrt	amen — damas wir hätten gespielt
tumen — denas ihr hät- tet gethan	tumen — denas ihr hättet gelehrt	tumen — denas ihr hättet gespielt
jon — denas sie hät- ten gethan.	jen — denas sie hät- ten gelehrt.	jon — denas sie hätten gespielt.

Zukunft

in der verbindenden Art gibt es im Rom'schen keine, sondern der Zigeuner umschreibt sie, und sagt statt ich würde thun, lehren und spielen:

ich thäte, lehrte und spielte ker-avas, siklár-avas bašav-avas, d. h. er gebrauchte die Gegenwart des Conjunctives, eben so die Vergangenheit des Conjunctives, wenn er sagen wollte: ich würde gethan, gelehrt oder gespielt haben, welches er mit kerdomas, siklardomas und bašavdomas ausdrückt.

Des besseren Lautes wegen pflegen die Zigeuner das v vor einem d auszulassen, und werden daher statt bašavdom bašadom, statt bašavdo bašádo, statt bašavdomas sagen bašadomas u. s. w.

Auch eine eigene leidende Form hat der Zigeuner nicht, er ersetzt sie lediglich durch das Hilfszeitwort mit dem Mittelworte der Vergangenheit, z. B.

me som kerdo oder kerdi ich werde gethan
tu sal kerdo oder kerdi du wirst gethan
jov hi kerdo oder joi hi kerdi er, sie wird gethan
amen sam kerde wir werden gethan
tumen san kerde ihr werdet gethan
jon hi kerdi sie werden gethan.

Eben so geht die

Vergangene Zeit:

me somas kerdo-i, siklardo-i, bašado-i ich wurde gethan, gelehrt, gespielt, und die

Künftige Zeit

me ava kerdo-i, siklárdo-i, bašado-i, ich werde gethan, gelehrt, gespielt werden.

Auf gleiche Art wird der Conjunctiv der leidenden Form ersetzt und es wird gesagt:

Gegenwart:

me avas kerdo-i, siklardo-i, bašádo-i, ich würde gethan, gelehrt, gespielt werden u. s. w.

Vergangenheit:

me avl'omas kerdo-i, siklárdo-i, bašado-i ich würde gethan, gelehrt, gespielt worden sein u. s. w.

Zukunft:

me avavas kerdo-i, siklardo-i, bašado-i, ich würde gethan, gelehrt, gespielt worden sein u. s. w.

Gebietende Art:

ač kerdo-i, siklardo-i, bašado-i, werde du gethan, gelehrt, gespielt.

Infinitiv:

te ačel kerdo-i, siklardo-i, bašado-i, gethan, gelehrt, gespielt werden.

II. Conjugation der Zeitwörter in ovav.

Infinitiv.

Grammatikalisch: te baróvel wachsen, sprachgebräuch=lich zusammengezogen: baról.

Imperativ.

Grammatikalisch: bárov wachse, sprachgebräuchlich zusammengezogen: bárol.

Anzeigende Art, thätige Form.

Gegenwart.

(Grammatikalisch)	(Sprachgebräuchlich.)
me bárov-av ich wachse	bar-ovav
tu bárov-es du wachsest	bár-os
jov bárov-el er wächst	bár-ol
amen bárov-as wir wachsen	bár-ovas
tumen bárov-en ihr wachset	bár-on
jon bárov-en sie wachsen	bár-on

Vergangenheit.

me bárov-il'om ich bin gewachsen	bár-il'om
tu bárov-il'al du bist gewachsen	— il'al
jov bárov-il'as er ist gewachsen	— il'as
amen bárov-il'am wir sind gew.	— il'am
tumen-bárov-il'an ihr seid gew.	— il'an
jon bárov-ile sie sind gewachsen	— ile

Zukunft.

me bárov-ava ich werde wachsen	barovava
tu bárov-eha du wirst wachsen	baroha
jov bárov-ela er wird wachsen	barola
amen bárov-aha wir werden w.	barovaha
tumen bárov-ena ihr werdet w.	barona
jon bárov-ena sie werden wachsen	barona

Mittelwort.
Gegenwärtiges.

barov-indos wachsend   barindos

Vergangenes.

barov-ilo-i der, die Gewachsene   barilo-i

Verbindende Art.
Gegenwart.

me	barov-avas ich wüchse	barovavas
tu	— ehas du wüchsest	barohas
jov	barov elas er wüchse	barolas
amen	— ahas wir wüchsen	barovahas
tumen	— enas ihr wüchset	baronas
jon	— enas sie wüchsen	baronas

Vergangenheit.

me	bárov-il'omas ich wäre gew.	baril'omas
tu	— il'alas du wärst gew.	baril'alas
jov	— il'ahas er wäre gew.	baril'ahas
amen	— il'amas wir wären g.	baril'amas
tumen	— il'anas ihr wäret gew.	baril'anas
jon	— il'anas sie wären g.	baril'anas.

Die Zukunft

der verbindenden Art wird wieder mit der Gegenwart gegeben und ge=
sagt, statt ich würde wachsen, ich wüchse, barovavas u. s. w.; ebenso
drückt man, ich würde gewachsen sein, mit baril'omas, ich wäre gewach=
sen aus, u. s. w. Nachdem die in ovel ausgehenden Zeitwörter ohnehin

eine Paſſivität des Subjectes andeuten, mangelt ihnen die leidende Form gänzlich.

Es gibt auch noch eine ſehr bequeme und bei den Zigeunern beliebte Form der Bildung des Conjunctives bei den Zeitwörtern. Sie ſetzen nämlich der anzeigenden Art nur die Partikel te vor, welche „daß“ bedeutet, und ſprechen te pijav daß ich trinke, te kerav daß ich mache, te sikláres daß du lehrſt, te bašável daß er ſpielt, te amen baróvas daß wir wachſen u. ſ. w.

3. Unregelmäßige Zeitwörter.

Nach den gemachten Erfahrungen ſind nachſtehende Zeitwörter ganz unregelmäßig, es beſchränkt ſich aber dieſe Unregelmäßigkeit nur auf die ganz abnorme Bildung der vergangenen Zeit, anzeigender und verbindender Art.

avel kommen, avav ich komme hat im Perfecto avl'om

asel lachen, asav ich lache	Perfectum:	asandil'om
chasel huſten, chasav ich huſte	„	chasandil'om
dav geben, dav ich gebe	„	diňom
chudel fangen, chudav ich fange	„	chudiňom
čidel ſchöpfen, čidav ich ſchöpfe	„	čidiňom
tradel jagen, tradav ich jage	„	tradiňom
trdel ziehen, trdav ich ziehe	„	trdiňom
džanel kennen, džanav ich kenne	„	džal'om
lel nehmen, lav ich nehme	„	lil'om
patel glauben, patav ich glaube	„	patandil'om
perel fallen, perav ich falle	„	pelom
pijel trinken, pijav ich trinke	„	pil'om
prastel laufen, prastav ich laufe	„	prastandil'om
uštěl aufſtehen, uštav ich ſtehe auf	„	uštil'om
merel ſterben, merav ich ſterbe	„	mulom.

Im Uebrigen werden dieſe hier genannten unregelmäßigen Zeit- wörter gerade ſo wie die regelmäßigen behandelt.

4. Unperſönliche Zeitwörter ſind:
Š a i.

me šai ich kann
tu šai du kannſt

jov (joi) šai er (fie) kann
amen šai wir können
tumen šai ihr könnet
jon šai fie können.

Našti.

me našti ich kann oder darf nicht
tu našti du kannst oder darfst nicht
jov (joi) našti er (fie) kann oder darf nicht
amen našti wir können oder dürfen nicht
tumen našti ihr könnt oder dürfet nicht
jon našti fie können oder dürfen nicht.

Hum (te).

me hum ich muß oder foll
tu hum du mußt oder follst
jov (joi) hum er muß oder foll
amen hum wir müffen oder follen
tumen hum ihr müßt oder follet
jon hum fie müffen oder follen.

Das Zeitwort hum führt immer die Partikel te nach fich; hiedurch hat fich Mancher verleiten laffen, die Partikel te für die Endfilbe von hum halten und behaupten zu müffen; müffen oder follen heiße humte.

Allein diefe Meinung ift ganz irrig; hum heißt eigentlich, es ift nothwendig, šai es ift möglich, našti es ift unmöglich. Bei der Anwen= dung diefer Sprachweife folgt immer ein „daß," welches te heißt, fomit ein felbftftändiges Wort ift. Aus oberwähntem Grunde muß das dem hum, šai oder našti folgende beftimmende Zeitwort die Art, Zeit, Perfon und Zahl ausdrücken, fomit dahin verfetzt werden, z. B. ich muß gehen, heißt fprachrichtig me hum te džav, wörtlich, mir ift nothwendig, daß ich gehe. Du kannst nicht lefen, muß überfetzt werden tu našti te gines, wörtlich: es ift unmöglich, daß du lefeft; wir können fpielen, šai te amen ba= šaves, wörtlich: es ift möglich, daß wir fpielen. Ihr mußtet fchlafen wird überfetzt werden mit tumen hum te fufan, wörtlich: es war noth= wendig, daß ihr fchliefet u. f. w. Der Zigeuner fagt zwar auch:

me hum te pijel, ich muß trinken,

me hum te kerél, ich muß machen,

me hum te siklárel, ich muß lehren,

me hum te bašavel, ich muß spielen,

te hum te baróvel, du mußt wachsen u. s. w.,

allein es ist diese Ausdrucksweise eine sehr irrige, denn man könnte bei den unpersönlichen Zeitwörtern gar keine Zeit und Art auf diese Weise wahrnehmen, weßhalb wir nach der Erfahrung und der Aussage besser sprechender Zigeuner obige Regel mit Beruhigung aufstellen können.

dukal, es schmerzt.

Gegenwart.

man dukal es schmerzt mich

tut — „ „ dich

les oder la dukal es schmerzt ihn oder sie

amen dukal es schmerzt uns

tumen — „ „ euch

len — „ „ sie.

Vergangenheit.

man dukalas es schmerzte mich

tut — „ „ dich

les (la) — „ „ ihn (sie)

amen — „ „ uns

tumen — „ „ euch

len — „ „ sie.

Zukunft.

man dukale, es wird mich schmerzen

tut — „ „ dich „

les (la) — „ „ ihn (sie) „

amen — „ „ uns „

tumen — „ „ euch „

len — „ „ sie „

Dieses unpersönliche Zeitwort ist somit für sich geeignet, wenigstens die Gegenwart, Vergangenheit und Zukunft auszudrücken. Es entgeht hiebei nicht, daß das Fürwort in der 4. Endung steht.

L a v, d. h. ich nehme.

Mit diesem Zeitworte ist eine ganz eigene Construction gebräuch=
lich. Es werden damit gewisse passive Zustände bezeichnet. In dieser
Beziehung wird lav stets in der dritten Person pluralis, nämlich mit len
gebraucht und es erhält dann den Begriff: sie nehmen, sie überwältigen.
Z. B. man len čika heißt ich nieße, wörtlich: mich nehmen Nießer, man
lil'as čika, ich nießte, wörtlich: mich nahmen Nießer, tut lela čika, du
wirst nießen, les len avsi, ihn nahmen Thränen, d. h. ihn überwältigten
Thränen u. s. w.

Vorwörter.

Die Vorwörter, welche möglichst im Wörterbuche gesammelt er=
scheinen, scheinen in der Regel keine bestimmte Endung zu regieren, nur
ist es bei der Gleichgültigkeit, mit der der Zigeuner den Artikel vor ein
Hauptwort setzt oder wegläßt, auffällig, daß der Artikel immer gesetzt
wird, wenn nachstehende Vorwörter im Satze stehen, als:

andral aus,	z. B.	andral o tem, aus dem Lande;
angal vor	„	angal o foros, vor der Stadt;
mamuj gegen	„	mamuj o phrál, gegen den Bruder;
pal in, auf	„	pal e phuv, auf der Erde;
pašal um	„	pašal o ker, um das Haus;
prekal durch	„	prekal o šero, durch den Kopf;
tele unter	„	tele o vast, unter der Hand;
vaš um	„	vaš e lithi, um den Baum.

Die deutschen Vorwörter in, nach und um werden oft mit dem
bloßen Dativ des Hauptwortes gegeben, z. B. im Jahre beržeske,
im Tage diveseske, er ging um Fleisch gelas karialske, er ging um
Wasser gel'as paňeske, er ging nach Mentone gelas Mentoneske usw.

Das Vorwort aus und bei wird mit dem Ablative des Haupt=
wortes ausgedrückt, z. B. aus Jerusalem Jerusalematar, Tag aus Tag
ein, dives divesestar, ich fasse dich am Aermel chudinav tut bajatar,
aus der Stadt forestar, u. s. w.

Mit wird mit der siebenten Endung des Hauptwortes gegeben,
z. B. Brod mit Butter máro kileha, mit dem Vogel spielen te kélel
čirikleha, ich suche mit dem Hunde rodav džukleha.

Bindewörter.

Diese Wortgattung ist in ihrer Anwendung von jener der euro=
päischen Sprachen nicht verschieden, es wird nur auf die richtige Aus=
sprache der ähnlich lautenden, aber in der Bedeutung sehr verschiedenen
Bindewörter the und und te daß zu merken sein.

Interjectionen

kommen möglichst vollständig gesammelt im Wörterverzeichnisse vor und
geben zu keinerlei Bemerkung Anlaß.

Analyse der Widmung.

Bárošereskére ist ein Beiwort, zusammengesetzt aus báro-i groß und šero der Kopf; bedeutet somit großköpfig, großhäuptig. Der Zigeuner bezeichnet damit das große Haupt, den Landesherrn, es heißt somit bárošereskéro-i, der, die landesfürstliche, in Oesterreich: kaiserlich, kaiserliche. Da das Beiwort vor einem Hauptworte steht, kann die Endung erst nach dem Hauptworte erkannt werden.

Takarúne. Takar, Fürst, Heerführer, König, takarúno-i, fürstlich, königlich; ist eben auch ein Beiwort.

Učipeneja. Kömmt von učo hoch. Der Ausgang eja deutet den Vocativ sing. masc. an. Učipen, učipeneskéro, ist ein Hauptwort männlichen Geschlechtes; učipeneja steht im Vocativ, und es heißen somit diese 3 Worte: Kaiserl. königl. Hoheit.

Bára daraha. Báro-i groß, bára ist ein Beiwort vor einem Hauptworte. Daraha ist ein weibliches Hauptwort in der 7. Endung. Dar ist Angst, daher daraha mit Angst, und bára daraha mit großer Angst, oder aber Befangenheit.

Me ist das persönliche Fürwort ich, erste Person einfacher Zahl, bedeutet: ich.

Dav. Der Ausgang auf av zeigt ein Zeitwort erster Person Indicativi activi an. Der Infinitiv von dav ist del und dieses heißt geben, legen, dav somit ich gebe, lege.

Glan ist ein Vorwort, heißt vor oder zu.

E ist der Artikel, vielfacher Zahl, steht statt ode.

Héra ist die 4. Endung vielfacher Zahl des unbelebten weiblichen Hauptwortes her der Fuß, somit glan e hera vor die Füße, oder zu den Füßen.

Akadi heißt jene, Fürwort.

Mri zueignendes Fürwort, mro der meine, mri die meine.

Tikni buti. Tikno-i klein, ist ein Beiwort; buti heißt Arbeit, ist ein unbelebtes weibliches Hauptwort in der 4. Endung einfacher Zahl, mit dem das Beiwort übereinstimmt; der Accusativ ist dem Nominativ bei Unbelebten gleich, daher buti und tikni.

Havi ist das weibliche Geschlecht von havo, havi, welcher, welche; stimmt mit buti überein, somit in der 4. Endung einfacher Zahl.

Te keravas. Te ist die Partikel daß, keravas ist offenbar ein Conjunctiv Präs., 1. Person einfacher Zahl von kerav ich mache, heißt somit: daß ich machte.

Bára Ranije. Ranije ist die 5. Endung einfacher Zahl von Ráni die Frau, bára Ranije heißt: große, hohe Frau.

Andro, Vorwort, heißt in.

Gmunden, Eigenname.

Tumenge ist das Pronomen, 2. Person 3. Endung pluralis.

Has ist die 3. Person einfacher Zahl, vergangener Zeit des Hilfswortes ačel sein, somit heißt has es war.

O, männlicher Artikel, der.

Báro, Beiwort, báro-i der, die große.

Prošerpen. Ein auf pen ausgehendes, somit männliches Hauptwort, erste Endung einfacher Zahl, heißt Gnade.

Mange ist der Dativ von me ich, man meiner, mange mir.

Te, Partikel: zu.

Čamadavel zeigt deutlich den Ausgang eines Infinitives, zumal die Partikel te voransteht. Čamadavel heißt befehlen.

Prindžerav. Zeitwort, erste Person einfacher Zahl Indicativi. Prindžerel heißt erkennen, wissen; prindžerav, ich erkenne, weiß.

Te, Partikel daß.

Mro siklaripen. Mro ist das aneignende Fürwort erste Person, einfacher Zahl. Siklaripen, ein männliches Hauptwort, heißt: Lehre, Vortrag, Darstellung, Kenntniß, Fähigkeit.

Hi. Som, hal, hi, ich bin, du bist, er ist, die 3. Person einfacher Zahl von ačel sein, hi er ist.

Naytikneder. Tikno-i der, die kleine, tiknoder kleiner naytik-

neder, ist der kleinste, siklarípen hi naytikneder, die Kenntniß, Fähigkeit ist die kleinste.

The, Bindewort und.

Avela, Zeitwort von ačav sein, künftige Zeit 3. Person einfacher
Zahl: wird sein.

Džungálo, Adjectiv, erste Endung einfacher Zahl, džungalo-i,
der, die Mangelhafte.

Uva, Bindewort, heißt aber.

Mange has, mir war; mange Dativ des persönlichen Fürwortes
me ich, man meiner, mange mir, ehas oder has (wie oben) mir war.

Savoro, all' alle, erste Endung einfacher Zahl männlichen Geschlechtes.

Láčo, Beiwort, guter.

Kamápen. Männliches Hauptwort, von kamav ich will, kamápen der Wille.

Lačipeha ist der Social von Lačipen, die Güte, Gnade, Wohlwollen; somit heißt lačipeha mit Gnaden, in Gnaden, mit Wohlwollen.

Len ist die 3. Person pluralis vom Zeitworte lav nehmen, len
sie nehmen.

Pré, Vorwort, heißt auf.

Učipeneja (bereits oben).

Mri naybaredera pativála. Mri ist das aneignende Fürwort
mro-mri mein, meine, mri ist der Accusativ singularis, nay bedeutet
den Superlativ, baredera ist der Comparativ von báro groß, und stimmt
mit dem Hauptworte pativála, Ehrfurcht, mri naybaredera pativála
heißt somit meine größte Ehrfurcht oder Ehrerbietung.

Te, Partikel, heißt daß.

O ist der männliche Artikel der.

Báro Devel, Adjectiv báro-i der, die Große, Devel heißt Gott!
somit der große Gott!

Tumen ist der accusativ pluralis des Fürwortes tu Du; Euch.

Arákhel ist die 3. Person, einfacher Zahl, gegenwärtiger Zeit
anzeigender Art, wird aber durch die vorstehende Partikel te zum Conjunctiv, arakhav heißt beschütze, te arakhel daß er beschütze.

Mentonatar ist ein Ablativ. Mentone Eigenname, hat regelrecht
im Ablativ Mentonatar, aus Mentone.

Šofto, Zahlwort, der Sechste.

Pálo, Vorwort, heißt nach.

Božita heißt Feiertag, ist offenbar aus dem Czechischen entnommen.

Ode. Odo-i heißt jener, jenes.

Čon, der Monat.

Kio, Vorwort, an.

Nevo berž. Adjectivum nevo-i neu, berž Hauptwort, Jahr; kio nevo berž heißt somit am neuen Jahre, oder Jänner. Der Zigeuner bezeichnet nämlich die Monate nur nach den Festtagen.

Beržeste ist der Dativ von berž, im Jahre.

Jezeris, Zahlwort, bedeutet Tausend.

Ochtošel, Zahlwort, acht hundert.

Trivalbiš, Zahlwort, dreimal zwanzig.

Eftato, Ordnungszahlwort, heißt der siebente.

Rakerpene.

Láčo tro dives, láče manušeja! har halas (ober salas) suto?

Parikirav tuke, mišto, či džungalo nahi mange suno. Somas suto adadives andro veš, kuti ďas bršind, sik naďas bršind.

Esli už chajal?

Inke na, náne mange či.

Jav (ober Džav) manca, mange hi máro the kiral.

Náne tuke niňa bravinta? mange hi feder har meláli.

Meláli tefeleha the gudleha the bokolaha, me odova gen chav.

So adadives kereha?

Až me chava ratiaha, džava varekai te rodel mange grajes; odoleske mro grai mange frekľas. Me kamav pre foros andro Monacco, odoi som mišto prindžardo, me denkirav te odoi grajes vaš o tikne love kinava.

Gespräche.

Guten Morgen, lieber Freund, wie haft Du geschlafen?

Ich danke Dir, gut, nichts Unangenehmes hat mir geträumt. Ich schlief heute im Walde, es regnete ein wenig, bald regnete es nicht, ober bald hörte es auf.

Ob Du schon gegessen haft?

Noch nicht, ich habe ja nichts.

Komm mit mir, ich habe Brob und Käse.

Haft Du nicht auch Branntwein? er ist mir lieber als Kaffee.

Kaffee mit Schmetten und Zucker und Semmeln, das esse ich gerne.

Was wirst Du heute machen?

Bis ich gefrühstückt, gehe ich irgendwohin, mir ein Pferd zu suchen, weil mein Pferd mir umgestanden ist. Ich will auf den Markt in Monacco, dort bin ich gut bekannt, ich glaube, daß ich dort ein Pferd um geringes Geld kaufen werde.

5*

Keci hi tuke love tuha?

Biš the ochto lokia.

Te ma tuke nadžal adia, har mange; niňa mange kinďom grajes, adavo ma kamelas te trdel; me hum te mukhiom mre savore manuše pre feldi, kai amenge kerďam jak; me somas gen, že oda grajestar me avľom. Dilino gádžo mandar les kinďas; avrikinďom pre leste dui lokia.

Už tut chájal, hi tuke doha?

Uva.

Hi tuke mišto, me džava niňa pal mro, kerava keliben the me kamavas, te but manuše aven, me niňa kamav love, te mange kinava neve hazika.

Ač! Devleha!

Adadives hi šukar, kam šukar hi, čirikle šukar giaven, giv bárol, visi mišto hi zelena oda lenori del godla. Ko denkirelas pala ade havo bršindo, bavlal, leichtol, the hriminel avla adia šukar dives?

Hi báro tatipen; džava andro páňi.

De garda, te na taslas.

Wie viel Geld haſt Du bei Dir?

Achtundzwanzig Gulden.

Daß es Dir nicht gehe, wie mir; ich kaufte mir letzthin ein Pferd, das wollte nicht ziehen, ich mußte alle die Meinen laſſen auf dem Feld, wo wir anmachten ein Feuer; ich war froh, daß von dem Pferde ich los wurde. Ein dummer Bauer kaufte es von mir. Ich verdiente bei ihm zwei Gulden.

Haſt Du gegeſſen, haſt Du genug?

Ja.

Lebe wohl, ich gehe nun meinen Geſchäften (dem Meinen) nach, werde Komödie machen und wünſchte, daß viele Menſchen kämen, ich brauche jetzt Geld, um mir einen neuen Rock zu kaufen.

Sei mit Gott!

Heute iſt ſchön, die Sonne ſcheint ſchön, die Böglein ſingen ſchön, das Getreide wächſt, die Wieſen ſind ſchön grün, dieſes Wäſſerchen murmelt. Wer hätt' gedacht, daß nach einem ſolchen Regen, Winde, Blitzen und Donnern, es einen ſo ſchönen Tag geben werde?

Es iſt große Hitze; ich gehe in's Waſſer.

Gib Acht, daß Du nicht erſäufſt.

Me džanav tele páni mišto, me na taslovava.

Ich kenne mich gut im Wasser (aus), ich werde nicht erfaufen.

Ka siklarďal telo páni?

Wo haft Du schwimmen gelernt?

Mandar korkorestar.

Von mir felbft.

Až avava paniestar, pale džava maškar láče manuše, mangava mange chal; me gen pijav cáklo lovina, nor te avel lači, už pral dešustar dives nane kio pijel, amáro lovinengéro kéravel dzungali lovina.

Bis ich aus dem Wasser komme, dann gehe ich unter gute Menschen, erbitte mir zu essen, ich trinke gerne ein Glas Bier, wenn es nur gut wäre, schon durch vierzehn Tage ist es nicht zu trinken, unser Bräuer macht ein schlechtes Bier.

Paramisa.

Erzählungen.

Vareko peske stežinelas, kai hi leske avo tikni piráli, kai leskre kambania andre nakamen te džal ober džavel.

Jemand beschwerte sich, daß er ein so kleines Zimmer habe, daß seine Uhr darin nicht gehen könne.

Jek mánuš has phučlo, hoske andro páni nadžal; jov phendias: me andro páni nadžava, až džanava te plavinel.

Ein Mann wurde gefragt, warum er nicht ins Wasser ginge; er antwortete: ich gehe nicht ins Wasser, bis ich werde schwimmen können.

Gerin džanavas, so kerehas, kai avavas pro meriben nasváli! phučlas mižech romni peskre romestar. Phenďas lake: me děnašavas. The meravas? „Pále man papále rissarava" has leskro vakeripen.

Ich wüßte gerne, was Du thätest, wenn ich zum Tode krank würde? fragte ein böses Weib ihren Mann. Er antwortete ihr: Ich würde davon laufen. Und wenn ich stürbe? Dann würde ich geschwinde wieder heimkehren, war seine Antwort.

Voltaire phenďas peskre gadžeske, havo pes hafurt phučelas:

Voltaire sagte einem Fremden, der ihn fortan fragte: Mein Herr!

Rája! me adadives odolestar či nadžanav, so pes mandar kamen te phučel.

Vareko špidďas nágerin andro ráj. Guruveja! hoske nades feder garda? diňas godli o ráj. Muk mange téle phendďas aver, pes odova mindar šegol, kai jek andro vaver spidel,

Havosal, hávo bibnastar lólo nak has les, phendďas peskre niukoske paš o chaben: Hum te máro chas, o máro kherel lóle čáma. Tumen hum te but máro sunglel, phendďas čávo, odoleske hi tumen lólo nák.

Jek manuš čamadďas peske, kai leske te anel e rákli andro krčma páni kio mol. Phendďas joi: čak hi e páni maškar mol.

Jek siklarpaskéro, diňas peske savori buti, kai le tikne čaven te siklarel te deukhirel; phučlas pes ole čávendar, so peske denkhirenas? Jek čávo phendďas: „Me mange denkhirav, kai amen te muk kére, te amen buteder na rikiren."

„Te pes o dába šai čiňenas" činďas jek dát peskre mižech čaveske, „istě len hum te dumeha ginehas.

ich weiß heute von Allem nichts, um das Sie mich fragen wollen.

Jemand stieß ungern in einen Herrn. Ochse, warum gibst Du nicht besser Acht? schrie der Herr. Vergeben Sie mir, erwiederte der Andere, es geschieht leicht, daß einer den anderen stoßt.

Jemand, der vom Trinken eine rothe Nase hatte, sagte zu seinem Enkel während des Essens: Du mußt Brod essen, Brod macht rothe Wangen. Ihr müßt viel Brod geschnupft haben, erwiederte der Knabe, weil ihr eine rothe Nase habt.

Ein Mensch bestellte sich, daß ihm das Mädchen im Wirthshause Wasser zum Wein bringe. Sie antwortete: Das Wasser ist schon in dem Weine.

Ein Lehrer gab sich alle Mühe, daß er die kleinen Knaben denken lehre; er frug die Knaben, was sie sich dächten? Ein Knabe antwortete: Ich denke mir, daß Du uns nach Hause lassest und uns nicht mehr aufhaltest.

„Wenn sich Schläge schreiben ließen," schrieb ein Vater seinem ungerathenen (schlechten) Sohne, „gewiß müßtest Du sie mit dem Rücken lesen."

„Kai avoka sidioven?" phučlas pes jek, peskre prindžardestar. „Ma rikiren man, me hum te kio rataskéro, mri ráni pes mange nelibinel." „Le man tumenca, phenďas jekto, mri ráni pes mange niňa nelibinel.

„Warum eilet Ihr so ?" frug Einer einen Eilenden. „Haltet mich nicht auf, ich muß zum Arzte, mein Weib gefällt mir nicht." „Nehmt mich mit," erwiederte der erste, „mein Weib gefällt mir auch nicht."

Fabeln.

(Ins Rom'sche überseht von Puchmayer.)

(Wörtliche Ueberseßung.)

O džukel the koter karialo.

Džukel ligeďas koter karialo andro muj, plavinďas prekale len. Androdova chas leske suno, kai dikel čido koter kariálo andro páni: kaml'as les te chudel. Phraďas o muj, muklas oda peskro; the o páni les minďar ligeďas. So has, leske našáďas; the pal hoske chudiňas, nalil'as.

Ko avreskerestar terďol, peskrestar avel.

Der Hund und Stück Fleisch.

Hund hat getragen ein Stück Fleisch im Munde, schwamm über Bach. Indem war ihm Traum (schien es ihm), daß er sieht ähnliches Stück Fleisch im Wasser: wollte es fangen. Oeffnet das Maul, ließ jenes seine und das Wasser es gleich forttrug. Was ihm war (das was er hatte), er verlor, und wornach er fing (schnappte), er nicht bekam.

Wer um Fremdes steht, um das Seine kommt.

O oslos nasválo the o ruv.

Ruv avl'as kio oslos, kana has andro nasválipen suto. Chudindos pre leste, phučelas pes lestar: Kirveja! Kai tut dukal? Pchenel o oslos: kai pre man chudeha, adaj man naybuteder dukal.

Der Esel kranke und der Wolf.

Wolf kam zum Esel, da er in einer Krankheit lag. Ihn anrührend frug er ihn: Gevatter! wo dich schmerzet? Erwiederte der Esel: Dort, wo mich anrührst, dort mich am meisten schmerzet.

Haňďa the brli.

Sam pchena phenďas, haňďa kie brli: vai har divesaľol, the kam avri avel, keras až andro rat. Odoleske tala nahum te avas pchena, phenel brli. Tro keriben nane kia nihoste, uva me dav gadženge ávdin the mom; odoleske manrikiren, na tut.

Nane pes te dikel pro kériben, uva pro keriben havestar vareso láčo džal.

Čor the o bášno.

Čor avlas andro jek kér, naráklas andro leske čak jeke bášnes; lilas les, geľas okia. Kána bášno te avlahas našado, mangeľas kai les te mukel phendindos, kai avelas láčo gadženge ráti, kai len kie buti usľavelas. Phendas čor: Odoleske meg buter tut našaváva, vai kana len ušťaves na des mange te čorel.

So lačenge láčes, mižechenge mižech kerel.

O graj the o guruv.

Pro jek givese grajestar klisďas čávo. Guruv jek, phenďas grajeske: Ladž! tu mukes te rikervel tut jeke čavestar? phen-

Ameiſe und Biene.

Wir ſind Schweſtern, ſagte die Ameiſe zur Biene, weil, wie es Tag wird und die Sonne aufgeht, wir arbeiten bis in die Nacht. Darum allein wir nicht müſſen ſein Schweſtern, ſagt die Biene. Deine Arbeit nur zu Nichts, aber ich gebe den Leuten Honig und Wachs, darum halten ſie mich, nicht dich.

Nicht (iſt) ſich zu ſchauen auf Arbeit, aber auf Arbeit, aus der etwas Gutes (hervor) geht.

Dieb und der Hahn.

Dieb kam in ein Haus, fand nichts in demſelben als einen Hahn, nahm ihn, ging fort. Als der Hahn ſollte werden getödtet, bat er ihn zu laſſen (am Leben) ſagend, daß er war gut den Mägden Nachts, daß (er) ſie zur Arbeit aufweckte.

Sagte der Dieb: Darum um ſo mehr Dich tödten werde, weil, da Du ſie aufweckſt, nicht gibſt mir ſtehlen.

Was den Guten gut, den Böſen böſe macht.

Das Pferd und der Ochſe.

Auf einem ſtolzen Pferde ritt ein Knabe. Ein Ochſe ſagte zum Pferde: Schande! Du leideſt Dich halten von einem Knaben! Erwiederte

d'as o graj: har patib mange, te čiverváva jek čáves tele.

das Pferd: Welche Ehre für mich, wenn ich werfe einen Knaben ab.

Evangelium Lucæ X. 30—37.

(Ueberſetzt von Puchmayer.)

30. Jek mánuš gelas Jeruzalematar Jerichoste, pelas maškar čór, have les čorde, kana les marde, gele okia, paš džides les mukle.

Ein Mensch ging aus Jeruſalem nach Jericho, fiel unter Diebe, die ihn beſtahlen, dann ihn ſchlugen, weiter gingen, halb lebend ihn ließen.

31. Talind'as pes, kai jek rašnj gelas oda dromeha, kana les diklas, gelas okia.

Es trug ſich zu, daß ein Prieſter ging dieſen Weg, als er ihn ſah, ging er fort.

32. Nina the Jahnos, kana gelas paš oda helos diklas les, the nina les muklas.

Auch ein Levite, als er bei dem Orte ging, ſah ihn und ließ ihn auch liegen.

33. Samaritanos gelas dromeha, avl'as kia leste, the diklas les, láče jileha ehas čaládo.

Ein Samaritan ging dieſen Weg, ging zu ihm, ſah ihn, von gutem Herzen wurde er gerührt.

34. Avlas kie leste, phandl'as leskre dába, čid'as olejis the mol, diňas les pre peskro grast, liged'as les andre krčma, has leske vaš leste starostia.

Ging zu ihm, verband ſeine Wunden, goß Oel und Wein (hinein), gab ihn auf ſein Pferd, führte ihn ins Wirthshaus und hatte um ihn Sorge.

35. Aver dives lil'as dui love, diňas gadžeske the phend'as: Te avel tuke vaš leste starostia, so pro odova thoveha, až me man lisarava pale, me tuke pocinava.

Des andern Tages nahm er zwei Münzen, gab dem Wirthe und ſagte: Habe Du für ihn Sorge, was Du für ihn auslegen wirſt, bis ich kehren werde zurück, ich Dir bezahlen werde.

36. Ko ode trinendar tuke hi suno te avel láčo mánuš ode leske, havo pel'as maškar čor.

Wer von den Dreien Dir ſcheint zu ſein guter Menſch dem, der gefallen iſt unter Diebe?

37. Jov phenďas: Odo, hávo kerďas láčo gilo pre leste. Phenďas Ježišos: Dža! the ker tu akada!

Er sagte: Der, welcher gethan hat gutes Herz für ihn. Jesus sagte: Geh' und mach Du dasselbe.

Gedichte.

(Von Puchmayer.)

O vešóro e paitrenca!
O čiriklo e phakenca!
Te me e dar dikava,
Andre tute chuťava.

O Wald mit Blättern!
O Vogel mit Flügeln!
Wenn ich Furcht (Gefahr) sehe,
In dich ich hineinspringe.

Veša, veša zelenone
De tut pale angal mande

Wald, Wald grüner
Gib dich um mich herum (um= gebe mich)

Te me e dar dikava
Štar bárora chuťava.

Wenn ich Furcht erblicke,
Vier Zäune ich überspringe.

(Vom Zigeuner Janoschovsky dictirt.)

Šukar čaje, ka hi rúž kio breke,

Schönes Mädchen, die Du hast Rosen am Busen,

De mange jek! pro tut som mulo.
Chuťas lakri bebi čibnastar:
„Te kames rúž,
Dža, les la tuke kio bušťan.
„Ma kamav i rúž báratar,

Gib mir eine! für Dich ersterbe ich.
Sprang ihre Tante aus dem Bette:
„Wenn Du willst Rosen,
Geh', hole sie Dir beim Gärtner."
„Nicht will ich Rosen aus dem Garten,

Kamav rúž katár tro brek
So kerďom tuke, mri bébi
Te man nades mangel leskri čaj!
Ta man nades la láče gileha,
Le mangava zoreha."

Ich will Rosen von Deinem Busen,
Was that ich Dir, meine Tante,
Daß Du mir nicht gibst anhalten um Dein Mädchen!
Gibst Du sie mir nicht gutwillig,
Nehm' ich sie mit Gewalt."

Dieselben Verse führt Professor Ascoli in seinem „Zigeunerisches,“ Halle 1865, auf, als Beispiel einer Dichtung der Zigeuner in Italien. Der Aehnlichkeit und Verschiedenheit der Sprache des deutschen und italienischen Zigeuners, und des Einflußes wegen, den die Landessprache auf den Verfall der Zigeunersprache allüberall übt, mag hier diese Poesie nochmals in der italienischen Zigeuner=Mundart stehen:

Šukari chai ka si i ruž k'o breke
De maňe jek př tut isom mulo.
A shtiela lakr dad 'tar uodr.
„Te kamesa i rúž
„Já ke t'a tuke la kó bushtián.
„Na kamav i roz dal giardin
„Ma kamav i rozkatar tro brek.
„So k'rghyom a tuk' nír bebi
„Pa na ma desa mangl lesker chai
„Sa na ma des cu tu láčo
„Lá' manglě zlá-sa.

Gilia.　　　　Lieder.

(Von Janoschovsky diktirt.)

1.

Gelas e čai paňaske,　　Ging ein Mädchen zum Bache,
O čavóro palate　　Ein Jüngling ihr zur Seite
Chudiňas la cochatar,　　Fing sie am Rocke,
Czumidiňas čamatar.　　Küßte ihr die Wange.

Ma dera tut čajengo!　　Nicht fürchte Dich, Mädchen,
Me som tro pirano,　　Ich bin Dein liebender Freund,
Me tut mangelava　　Ich werde um Dich anhalten,
Až man cílos avela.　　Bis ich (dazu) Zeit (Gelegenheit) haben werde.

2.

Ker tu roma, ker buti,　　Mache Du Mann, mache die Arbeit,

Tri romni hi nasváli.　　Dein Weib ist krank.

Kin tu lake maroro	Kauf ihr ein Brödlein
The jek kući thudoro.	Und ein Töpfchen Milch.

Lil'om mange pirania	Ich nahm mir eine Liebste,
Nabara, natikna	Nicht groß, nicht klein,
Kále jakengera	Schwarzäugig,
Kále balangera.	Schwarzhaarig.

3.

Kere, džáva kére!	Heim! ich gehe daheim!
Kere man užáren	Zu Hause erwarten sie mich,
Mre tikne čavóre,	Meine kleinen Kinderchen,
Jojola tiknóre.	(Diese) kleinen Juwelen.

4.

Som čori, čoróri	Ich bin arm, ärmlich,
Har oda kaštóri,	Wie dieses Bäumlein (Hölzchen),
Náne man adai niko	Ich habe Niemand hier
Čak mro Devel báro.	Als meinen großen Gott.

Zum Schluße noch die Melodie des ersten Liedes, die offenbar einen rein ungarischen Charakter an sich trägt, daher nicht genuin, doch aber nach der Versicherung Janoschovsky's geeignet ist, die Tanzlust des Zigeuners zu entflammen und selbst eine Mami zum Tanze hinzureißen.

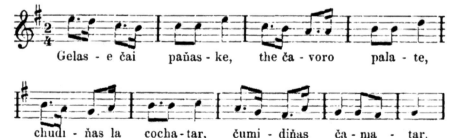

Gelas - e čai pañas - ke, the ča - voro pala - te,
chudı - ñas la cocha - tar, čumi - diñas ča - ma - tar.

Wörterfammlung.

~~~~~

Anmerkung. Bei der Verschiedenheit, mit der verschiedene Zigeuner die einzelnen Worte aussprechen, und der hierdurch herbeigeführten Unmöglichkeit, eine Gleichheit in die Schreibweise zu bringen, wird es bei dem Gebrauche dieser Wörtersammlung angezeigt sein, die Wörter unter verschiedenen Schreibweisen, somit unter allen ähnlich lautenden Buchstaben zu suchen; z. B. bár siehe auch phár, par; dsi siehe auch dzi, zi u. f. w.

A.

A (präp.) von.

aáro (m.) das Ei.

absin (m.) der Stahl.

ač (impt.) sei oder bleibe du.

ačav (verb.) ich bin, bleibe, wohne.

ačel (verb.) sein, bleiben, wohnen.

ačen (interj.) stille, seid stille!

achai (interj.) still!

ada (adv.) so.

adadives (adv.) heute.

adadivesuno—i (adj.) heutige.

adai (adv.) hier.

adai thedai (adv.) her und hin.

adalinai (adv.) heuer.

adarde (adv.) hier.

adatar (adv.) hiedurch.

adava (pron.) dieser, diese.

adeci (adv.) so viel.

adecivar (adv.) so viel Mal.

adia (adv.) der Art.

aglan (adv.) vor, für.

agor (m.) das Ende.

agotte (adv.) dahin.

akada (pron.) dieser, diese.

akadai (adv.) hier.

akai (adv.) hier, da.

akálo—i (adj.) jener, jene.

akana (adv.) so eben, jetzt.

akarel (verb.) seufzen.

akávo-i (pron.) der, die, dieser, diese.

ákor (m.) die Nuß.

amáro-i (pron.) unter, unsre.

ambrol (f.) die Birne.

ámen (pron.) wir, uns.

amenge (pron.) uns (dativ).

amoñis (f.) der Ambos.

an (präp.) in.

anav (ver.) ich bringe, führe.

andre (präp.) in, nach.

andre chár (adv.) das Thal, wörtl. in Bergen.

andredinstel (ver.) dienen.

andririk (adv.) Seite, seitig.

andro (präp.) in, nach.

andro doligos (adv.) im Thale.

angal (präp.) vor.

angali (f.) der Arm.

angáli entro (adv.) der Arm voll.

angar (m.) die Kohle.

angarengéro-i (m.) Kohlenbren=
ner, =in.

angarúno-i (adj.) der, die koh=
lige, russige.

angrusterengéro (m.) Ringma=
macher, Goldarbeiter, Juwelier.

angrusti (f.) der Ring.

angusto (m.) der Finger.

antrú (m.) das Ei.

apege (adv.) abseits.

árai (m.) Edelmann.

arakel (v.) bewohnen.

arčič (m.) das Blei.

armin (m.) das Kraut.

asarel (v.) loben, prahlen.

asav man (v.) ich lache.

asavel (vb.) lachen.

asavipen (m.) das Lachen, Ge=
lächter.

aspin (m.) der Schleifstein.

atren (präp.) ein z. B. einschließen.

avav (v.) ich komme.

avdin (m.) Honig.

avel (verb.) kommen.

aver (Zahl) der zweite, der andere.

aver dives (adv.) morgen.

avgoder (adv.) vor dem.

avo (conj.) so, (daß).

avoka avoka (conj.) so, so.

avréte (adv.) anderswohin.

avričandes (adv.) anders.

avreskéres (adv.) fremd.

avrigedel (v.) ausräumen.

avrite (plur.) aus z. B. avrite
pijel austrinken.

avsa (f.) die Thräne.

avsárel (v.) weinen.

aż (präp.) bis.

B.

Bacht (f.) das Glück.

bachtali (m.) die Fledermaus.

bachtálo-i (adj.) der, die glückliche.

baer (m.) der Bär.

bago (m.) der Tabakzummel.

baj (f.) der Aermel.

bajandi (f.) die Guitarre.

bakel (v.) brennen.

bakerel (v.) zerbrechen.

bakrengéro-i (m. u. f.) Schaf=
hirt, =in.

bakri (f.) Schaf (weibliches).

bakro (m.) Schafwidder.

bakrorengéro kher (m.) Schaf=
stall.

bakrúno-i (adj.) vom Schafe,
oder zum Schafe gehörig.

bál (m.) das Haar.

bálal (adv.) hinten.

balamánes (adv.) griechisch.

balamáno-i (adj.) der, die grie=
chische.

balamni (f.) die Griechin.

balámo (m.) der Grieche.

baláne (f.) die Mulde.

balangéro (m.) die Seide.

baláno-i (adj.) der, die schweinerne.

balengéro (m.) der Schweinhirt, Händler, Treiber.

balĕvas (m.) der Speck.

báll (m.) das Haar.

bálo-i (S.) Schwein, Eber, Sau.

balóro-i (m. f.) Schweinchen.

balogno (adv.) links.

balúna (f.) die Pfanne.

bandarel (v.) biegen.

bandel (v.) ich binde.

banduk (m.) die Bürste.

bange (adv.) krumm.

bangecherengéro-i (adj.) der, die krummbeinige.

bangenaskéro-i (adj.) der, die krummnasige.

bangešereskéro-i (adj.) der, die krummköpfige.

bangi (adv.) spät.

bango-i (adj.) der, die krumme, hinkende.

bar (m.) der Stein, Fels, Hügel, Berg.

bár (f.) der Garten, Zaun.

baráno (m.) die Eiche.

bardo-i (adj.) der, die gewachsene, große, schwere.

bareder (compar.) größer.

barengéro (m.) Steinarbeiter, Metzer, Maurer.

bareno-i (adj.) der, die steinerne.

báreskéro (m.) der Gärtner.

bares (adv.) stark, sehr.

bareskro kher (m.) das Gefäng=nißhaus.

bari (adj. fem.) schwanger.

barkel (ver.) danken.

barkerel (ver.) schwatzen.

barnel (ver.) blühen.

báro-i (adj.) der, die große, schwere.

báro drom (m.) die Straße, Chaussée.

baróvel (verb.) wachsen.

barva (f.) die Farbe.

barval (m.) der Wind.

barváles (adv.) reich.

barvalipen (m.) der Reichthum.

barválo-i (adj.) reich.

barvol (m.) der Wuchs.

bašadia (f.) die Violine.

bašado (m.) die Uhr.

bašavel (ver.) spielen.

bašavipen (m.) die Musik.

bašavipnengéro (m.) Musikant.

bášel (verb.) bellen, rufen, brüllen.

bašipen (m.) die Wohnung.

bášno (m.) der Hahn.

bašovel (ver.) bellen, brüllen, ru=fen, z. B. bášno bašela, dzu-kel bašela, der Hahn kräht, der Hund bellt.

baštardo (m.) Schelm, Schurke.

batohos (m.) der Ranzen, Sack.

bavlal (f.) der Wind, die Luft.

bažantos (m.) der Fasan.

beč (m.) die Brust.

beikos (m.) der Stier.

belbi (adv.) Abend.

bekel (ver.) baden.

bemo (m.) der Groschen.

benel (ver.) gebären.

6

benk (m.) der Teufel.

benkipen (m.) die Hölle.

bergos (m.) der Berg.

béro (m.) Schiff, Kahn.

berš (m.) das Jahr.

beršeškuno-i (adj.) der, die einjährige.

bešav (ver.) ich sitze.

bešamaskri (f.) Kanapé.

bešipaskri (f.) Kanapé.

bešel (verb.) sitzen.

bešto (partic.) liegend, sitzend.

beveriza (f.) das Eichhörnchen.

bezech (m.) Sünde, sündhaft.

bi (präp.) ohne.

biav (m.) die Hochzeit.

biaveskéro (m.) Bräutigam.

biaveskeriza (f.) die Braut.

biavrakéro (m.) der Hochzeitsgast.

bibacht (f.) das Unglück.

bibachtálo-i (adj.) der, die unglückliche.

bibalengéro-i (adj.) der, die haarlose, kahle.

bibi (f.) die Tante.

biblo (m.) der Brei, Muß.

biboldo (m.) der Jude.

bibolduno-i (adj.) der, die jüdische.

bičavel (ver.) senden, schicken.

bicherengéro-i (adj.) ohne Füße.

bičibakéro-i (adj.) ohne Zeugen.

bidandengéro-i (adj.) ohne Zahn, zahnlos.

bidarakéro-i (adj.) der, die ohne Furcht ist, muthige.

bigadekéro-i (adj.) der, die unvernünftige.

bijakakéro-i (adj.) der, die blinde, ohne Augen.

bikenel (ver.) verkaufen.

biknipen (m.) der Verkauf.

biknipnangéro (m.) der Kaufmann.

biko (m.) der Schrott.

bikovi (m.) Schließeisen (plur.)

biláčo-i (adj.) der, die schlechte, nicht gute.

bilovengéro-i (adj.) der, die ohne Geld ist.

binos (m.) die Sünde.

bio (präp.) ohne.

bipačuno-i (adj.) der, die ungläubige.

biparkerpaskéro-i (adj.) der, die undankbare.

biparkerpen (m.) die Undankbarkeit.

biš (Zahl) zwanzig.

bisa (f.) Rohr.

bišengéro (m.) der Zwanziger.

biserel (verb.) vergessen.

bisieste (adv.) zuweilen.

bišotilo (m.) der Adler.

bišto (num.) der Zwanzigste.

blachtarida (f.) Schmetterling.

bladel (verb.) hängen.

blája (f.) das Blei—háróos (m.)

blav (verb.) ich hänge.

blavitke (adv.) blau.

bleskos (m.) der Blitz.

boborka (f.) die Gurke.

bogina (f.) die Pocke.

bok (m.) der Hunger.

bokaliovel (ver.) hungern.

bokálo-i (adj.) der, die geizige, hungrige.

bóko-i (adj.) der, die ausgehungerte.

bokoli (f.) Semmel, Buchtel.

bólel (ver.) taufen, tauchen.

bolípen (m.) die Welt.

bólipen (m.) die Taufe.

bolópen (m.) die Luft, der Himmel.

botahos (m.) der Ranzen.

bov (m.) der Ofen.

božit (m.) der Feiertag.

bradengéro (m.) der Faßbinder.

brádi (f.) Kanne, Gefäß, Faß.

braninel (verb.) wehren.

branta (f.) der Tabakssaft.

bravinta (f.) der Branntwein.

bravó-i (adj.) der, die brave, ehrliche.

brek (m.) die Brust.

brevijakéro-i (adj.) der, die abendliche.

brevul (adv.) Abend.

brinčerdo-i (adj.) der, die bekannte.

brinčerel (ver.) kennen.

ból (f.) die Birne.

bršint (m.) der Regen, del bršint, es gibt Regen, es regnet.

brúno (m.) der Baum.

bucha (f.) das Buch.

buchli (f.) ein Taftband.

buchlipen (m.) der Ort.

buchlípen (m.) die Breite.

buchlo-i (adj.) der, die breite.

bugáris (m.) die Spinne.

bugchinípen (m.) der Durchfall.

buhlo (m.) der Thaler.

bukavipen oder.

bukepen (m.) Geständniß, Beichte, Verrath, Anklage.

buke (f. plur.) Eingeweide, Leber.

buklemato-i (adj.) der, die geschwürige.

búklengéro (m.) der Schlosser.

búklo (m.) das Vorhängschloß.

bukni (f.) die Schnalle.

bukuni (f.) die Warze.

bukváli (f.) der Klee.

bundi (f.) der Bund.

buneta (f.) Mütze, Haube.

bunista (m.) Rindviehdünger.

bura (plur.) das Gesträuch.

burnek (adv.) Handvoll.

búro (m.) -i (f.) Bräutigam, Braut.

bušťán (m.) der Garten.

but (adv.) viel.

buter oder.

buteder (comp.) mehr.

butgova (f.) der Vorrath.

búti (f.) Arbeit, namentl. Schmiedarbeit.

butidic (adv.) abermals, vielmals.

butilsa (f.) die Angel.

buzech (f.) der Sporn.

buzni (f.) die Ziege.

buzúnis (f.) die Weste, Camisol.

C.

Cáklo (m.) das Glas.

canečkos (m.) das Gebiß.

cedla (f.) der Zettel.

cerha (f.) Pflaster, Zelt.

cha (impert.) esse.

chaben (m.) Speise, das Essen.

chačerdi (f.) der Branntwein.

chačerdo-i (adj.) der, die ge=
brannte, glühende.

chačepaskéro (m.) Branntwein=
brenner, Brenner.

chačevel (verb.) brennen.

chadovel (verb.) spucken.

chal (m.) das Essen.

chalovel (verb.) verstehen.

chamaskerengéro (m.) der
Tischler.

chamaskri (f.) der Tisch.

chanel (verb.) kämmen.

chánig (f.) der Brunnen, Quelle.

chár (f.) das Thal.

charengéro (m.) der Schwert=
feger.

chares (adv.) möglich.

charkom (m.) das Kupfer.

charimi (f.) der Rock.

cháro (m.) der Säbel, Schwert.

charnes (adv.) kurz, mit einem
Worte.

charno-i (adj.) der, die kurze.

charpos (m.) der Karpfen.

charuvel (verb.) kratzen.

chas (m.) der Husten.

chasel (verb.) husten.

chavel (verb.) essen.

che (f.) die Schäbe.

cher (f.) der Fuß.

cherengéri (f.) das Vortuch.

chev (f.) das Loch.

chev, ches, chel (verb.) ich lege,
du legst, er legt.

chevengéro (m.) der Glaser.

chevro (m.) der Hase.

chíb (f.) der Deckel, Schürze.

chindi (f.) das Siegel.

chindibnangéro (m.) der Abort.

chip (m.) der Schnee.

chochavel (verb.) betrügen, lügen.

chochaves (adv.) trughaft, lü=
genhaft.

chochiviben (m.) die Lüge.

chodpikos (m.) der Fußsteig.

chol'arav (verb.) ich erzürne.

cholardo-i (adj.) der, die erzürnte.

cholarel (verb.) zürnen.

chóli (f.) Zorn, Galle.

cholinjakéro-i (adj.) der, die
gallige, ärgerliche, reizbare.

choloba (f.) oder.

cholova (f.) Hose, Beinkleid.

cholovengéro (m.) Hosenmacher,
Schneider.

chomerdo-i (adj.) der, die ver=
moderte.

chommervel (verb.) modern.

chór (adv.) tief.

chorípen (m.) die Tiefe.

choro-i (adj.) der, die tiefe.

chrichil (m.) die Erbfe.

chuchur (m.) der Schwamm, Pilz, Feuerschwamm, sapuno chuchur Fliegenschwamm.

chudel (verb.) fangen, erreichen.

chudinel (verb.) fangen.

chudino-i (adj.) der, die gefangene.

chukni (f.) lange Tabakspfeife.

chumel (f.) Brodkrume.

chumer (m.) der Teig.

churdi (f.) Schießpulver.

churdin (f.) Spreu, Häckfel.

churdo-i (adj.) der, die geringe, mürbe.

churdo (m.) der Mohn.

chutiel (verb.) springen, laufen.

ceitinel (verb.) riechen.

cidel (verb.) wägen.

cidipnaskéri (f.) die Waage.

cilo (m.) die Zeit, Gelegenheit, der Pfahl.

cipa (f.) die Haut.

cirach (m.) der Schuh.

cirachengéro (m.) der Schuster.

ciral (m.) der Quark.

citel (verb.) schweigen.

cocha (f.) der Weiberrock.

cuknida (f.) die Nessel.

Č.

Čáčes (adv.) gerecht, nach rechts.

čačipen (m.) die Gerechtigkeit, Wahrheit.

čačirik (adv.) rechter Hand.

čačo-i (adj.) der, die gerechte, wahre.

čačúno-i der, die eigene.

čaj (f.) Tochter, Mädchen.

čak (adv.) nur.

čakrórum (m.) der Eidam.

čalo-i (adj.) der, die satte, gesättigte.

čalóvel (verb.) sättigen, nähren.

čám (f.) das Gesicht.

čamadel (verb.) befehlen, zwingen.

čamadini (f.) eie Ohrfeige.

čamalacha (f.) die Kinnlade.

čambóna (f.) Schalmei, Pfeife.

čandav (verb.) ich übergebe mich.

čank (m.) das Kinn.

čapláris (m.) der Wirth.

čaplárka (f.) die Wirthin.

čar (f.) das Gras, die Weide.

čaravel (verb.) weiden.

čáro (m.) der Schlüssel.

čarvi (f.) das Huhn.

čavengéro-i (adj.) der, die kindische.

čávo (m.) Sohn, Knabe, Kind.

ček (f.) die Jungfrau.

čekat (m.) die Stirne.

čenia (f. plur.) die Ohrgehänge.

čepni (f.) die Spitze.

čerchen (f.) der Stern.

čeros (m.) der Himmel.

četogas (f.) der Donner.

či (adj.) nichts.

čib (f.) die Zunge, Sprache.

čibálo (m.) der Richter.

čibalica (f.) die Richterin.

čiben (m.) der Polster, das Bett.

čibnaskeré (f.) das Federbett, Zieche.

čido-i (adj.) der, die ähnliche.

čik (m.) der Koth.

čika (plur.) nießen, man len čika ich nieße (wörtlich: mich nehmen Nießer.)

čikalárel (verb.) trüben, verunreinigen.

čikálo-i (adj.) der, die kothige.

čiken (m.) das Fett.

čiknárel (verb.) schmalzen.

čibníben (m.) das Schmalzen.

čilavél (verb.) rühren sich.

čilka (f.) die Rinde.

čina (adv.) unnütz.

činagio-i (adj.) der, die werthlose, ungültige.

činamaskéri (f.) das Schreibzeug, Schneidezeug.

činapen (m.) der Schnitt.

čindia (f. plur.) die Scheere.

činek (m.) Löwe, Tieger, Unthier, Unheil.

činel (verb.) schreiben, schneiden, hauen.

čingerav (verb.) ich reiße, schneide, pflücke.

čingerdo (m.) der Bohrer.

čingerel (verb.) reißen, pflücken, schneiden.

čingerparkéro-i (adj.) der, die zänkische.

čingerparkéro čiriklo (m.) Elster.

čingerpen (m.) der Streit.

čingervel (verb.) streiten, zürnen, schmollen.

čininangro (m.) das Schreiben, der Schreiber.

činipen (m.) Geschriebenes; der Brief, Zeitung.

čipen (f.) das Bett.

čirach (f.) der Schuh.

čiriklo (m.) der Vogel.

čiriklo dželdo nakeskéro (m.) die Amsel.

— báro herengéro (m.) Storch.

— dui menákro (m.) der Adler.

— forchetákro Schwalbe.

— gichepaskéro Singvogel.

— gisevo Pfau.

— longo menákro Reiher.

— lolo menákro Rothkelche.

— nijaleskéro Kukuk.

— vakerpaskéro Papagei.

— ratjákro Eule.

— románo die Bachstelze.

čiripos (m.) die Scherben.

čirla (adv.) länger, weiter.

čiro (m.) die Zeit.

čivaster (adv.) ewig.

čivel (verb.) werfen.

čiverav (verb.) ich werfe.

čiverdel (verb.) werfen.

čocha (f.) Weiberrock.

čon (m.) Monat und Mond.

čór (m.) der Dieb, Barthaar.

čóral (adv.) diebischer Weise.

čórel (verb.) stehlen.

čóreskéro-i (adj.) der, die die=
bische.

čorípén (m.) die Armuth.

čoripen (m.) der Diebstahl.

čoriza (f.) die Diebin.

čoro-i (adj.) der, die Arme.

čorokher (m.) Arbeitshaus.

čorrel(verb.) lecken.

čorválo-i (adj.) der, die bärtige.

čovacháni (f.) die Hexe.

čovachav (verb.) ich behexe, be=
zaubere.

čovachel (verb.) behexen, bezau=
bern.

čovel (verb.) waschen.

čovípen (m.) die Wäsche.

čtvrtkos (m.) Donnerstag.

čuči (f.) die Zitze.

čučidel (verb.) saugen.

čučin (f.) Ammenbrust.

čučo-i (adj.) der, die leere.

čuko-i (adj.) der, die trockne.

čukovel (verb.) trockenen.

čulável (verb.) tröpfeln.

čulo (adv.) wenig.

čumepen (m.) der Kuß.

čumidel (verb.) küssen.

čungard (m.) der Speichel.

čungardel (verb.) speien.

čupni (m.) die Peitsche.

čuri (m.) das Messer.

čurie (f.) die Ritze.

čuriningero (m.) der Messer=
schmied.

D.

Dáb (f.) der Schlag.

dábav (verb.) ich schlage, knalle.

dáj (f.) die Mutter.

damatirá (f.) das Vortuch.

dand (m.) der Zahn.

danderav (verb.) ich beiße.

danderdo-i (adj.) d., die gebissene.

danderel (verb.) beißen.

dár (f.) die Furcht, Schrecken.

darável (verb.) sich fürchten.

dardiomel (verb.) sich erschrecken.

dás (m.) der Bulgare.

ďásai (m. plur.) die Bulgarin.

ďasikanes (adv.) bulgarisch.

ďasikano-i (adj.) der, die bul=
garische.

ďásni (f.) die Bulgarin.

ďasniori (f.) die kleine Bulgarin.

ďasnioro (m.) der kleine Bulgare.

dát (m.) der Vater.

dav (verb.) ich gebe; auch

dávav (verb.) ich gebe.

de (imper.) gib.

del (verb.) geben.

delamel (verb.) bekommen.

denašel (verb.) laufen.

denilo-i (adj.) der, die trunkene.

denkel (verb.) denken.

denkirel (verb.) hoffen, denken.

desto (m.) der Beilstiel.

deš (num.) zehn.

deuv (m.) der Götze.

devel (m.) Gott.

devlekúno-i (adj.) d. die göttliche.

dikel, dikhel (verb.) schauen, sehen.

diklo (m.) das Tuch, Kopftuch.

dilinipen (m.) die Dummheit.

dilino-i (adj.) der, die dumme.

dilos (m.) Mittag.

dimi (f. plur.) Pantalonhosen.

dinel (m.) der Frost.

diro (m.) der Diener, und

diri (f.) Dienerin.

dis (m.) das Amt.

dis (m.) das Schloß, Burg.

dit (präp.) denn.

div (m.) das Korn.

dives (m.) der Tag, das Licht.

divesestar (adv.) von heute an.

divesolável (verb.) tagen.

doga (f.) die Sache.

doha (adv.) genug.

dombos (m.) der Hügel.

dori (f.) Strick, Schnur.

dožel (verb.) melken.

drak (f.) die Traube.

drandžuris (m.) der Teller.

drom (m.) der Weg.

dromengéro (m.) der Wanderer.

dšár (m.) das Haar.

dudum (m.) Kürbis.

dudžene (adv.) mitsammen.

dugipen (m.) die Länge.

dugo-i (adj.) der, die lange.

dui (num.) zwei, ein Paar.

duk (f.) der Schmerz.

dukeidia (f. plur.) Weibs- oder lange Kleider (Duge idia eigentlich.)

dukeno (adv.) schmerzlich.

duma (f.) die Sprache.

dumo (m.) der Rücken.

dumuk (m.) die Faust.

dur (adv.) weit.

dut (m.) Licht, Kerze.

duvar (num.) zweimal.

duvar biš (num.) vierzig.

dúvar (f.) die Thür.

džav (verb.) ich gehe.

džavel (verb.) gehen.

džew (m.) Mensch, Kerl.

džiamutro (m.) Eidam.

džianel (verb.) sehen, kennen, können, wissen.

džiar (f.) das Haar.

džidiaravel (verb.) leben, erhalten, ernähren.

džilto-i (adj.) der, die gelbe.

džinav (verb.) ich kann.

džinel (verb.) können.

džóv (m.) der Hafer.

džukáres (adv.) hübsch.

džúkel (m.) der Hund.

džukli (f.) die Hündin.

džuklóro (m.) das Hündchen.

džungáles (adv.) schlecht, mangelhaft.

džungalipen (m.) der Unrath.

džungálo-i (adj.) der, die schlechte, mangelhafte.

džuv (f.) die Laus.

džuvli (f.) das Mädchen.

E.

E (art.) die.

efta (num.) siebene.

eftangéro (num.) ein Siebner.

eftavardeš (num.) siebenzig.

ehofa (f.) der Hof.

enia (num.) neun.

eniato-i (num.) der, die neunte.

eniavar (num.) neunmal.

eniavardeš (num.) neunzig.

era (f.) die Röhre.

erio-i (adj.) der, die böse.

esli (frag.) ob?

eslos (m.) der Esel.

F.

Fadinel (verb.) erfrieren, frieren.

fadino-i (adj.) der, die erfrorene.

farkia (f.) Sense.

faruvel (verb.) fahren.

fasa (f.) das Faß.

fatčava (plur.) die Bohnen.

feder (adv.) besser.

feitzrile (adv.) Morgens.

feldi (f.) das Feld.

felicin (m.) Schloß, Burg.

ferdel (verb.) werfen.

fisika (f.) das Gewehr, Flinte.

flisermaskri (f.) Spindel, Spinnrad.

fliservel (verb.) ich spinne.

foli (m. plur.) Graupen.

foreska (f.) der Fuchs.

formanos (m.) der Fuhrmann.

foros (m.) die Stadt, der Markt.

foroskéro (m.) der Städter.

foti (m.) die Waare.

frantšoftos (m.) die Verwandtschaft.

freida (adv.) lustig, freudig.

freidel (verb.) sich freuen, sich gefallen.

frekel (verb.) krepiren.

freko-i (adj.) der, die krepirte.

frikanel (verb.) werfen.

fúl (m.) der Dünger.

fulmer dári (f.) Mistkäfer.

funtanerga (f.) die Gränze.

funtos (m.) ein Pfund.

G.

Gáb (m.) das Dorf.

gád (m.) das Hemd.

gadžgánes (adv.) deutsch, inländisch.

gadžo (m.) der Bauer, Bote.

gablin (f.) Spinne.

gai (adv.) wo, hier, dort.

gambana (f.) die Sackuhr.

gangeri (f.) die Kirche.

gangli (f.) der Kamm.

gansko-i (adj.) der, die ganze.

gardel (verb.) wachen.

gartiri (num. fem) ein Viertel.

geria (f. plur.) die Ameise.

guruvel (verb.) verstecken.

gast (f.) Eheweib, Hausmutter.

gatte (f.) die Farbe.

gatter (adv.) woher.

gattlin (f.) die Scheere.

gáv (m.) das Dorf.

gazdo (m.) der Daum.

gelenos (m.) der Hirsch.

gelva (f.) der Kropf.

ger (f.) die Krätze.

gerasis (m.) der Groschen.

gérin (adv.) gerne.

gero-i (adj.) der, die seelige.

giavel (verb.) singen.

ghin (m.) die Zahl.

ghinel (verb.) lesen, rechnen.

gib (m.) Getreide, Schnee.

gili (f.) das Lied.

gilovav (verb.) ich singe.

gilovel (verb.) singen.

gisevo-i (adj.) der, die stolze.

giv (m.) Getreide, Korn, Schnee.

glan (adv.) vor, glan dives vor Mittag, glan rakerpen Vorrede.

glasa (f.) das Glas.

gódi (m.) das Gehirn, Verstand.

godiaver (adv.) gescheidt.

godli (m.) Ruf, Schrei, Lärm, Laut, Ton.

godlikerel (vb.) schreien, lärmen.

goi (adv.) dort.

goj (f. plur.) die Wurst.

gojemen (adv.) trotzig.

gono (m.) der Sack.

gorko-i (adj.) bitter, schlecht.

gosno (m.) der Dünger.

góva (f.) das Schicksal.

govel (m.) das Grab.

gozvaro-i (adj.) der, die gelehrte.

grai (m.) das Pferd.

grambola (f.) die Maultrommel.

grasni (f.) die Stutte.

grast (m.) das Pferd, der Hengst.

grastengéro (m.) Pferdemarkt, Pferdehändler.

gudlo (m.) Kaffee.

gudlo (m.) der Honig, Zucker.

guliárav (verb.) ich mache süß.

guliarel (verb.) süß machen.

guliórav (verb.) ich werde süß.

gulióvel (verb.) süß werden.

gunaris (m.) Gänserich.

gurko (m.) Sonntag.

guruv (m.) Ochse, Stier, Rind.

guruválo-i (adj.) der, die rinderne.

guruvel (verb.) verstecken.

guruvni (f.) die Kuh.

gusto (m.) der Finger.

guva (f.) der Brunn, Höhle.

gvin (m.) der Honig.

H.

Habanos (m.) der Spielball.

hacel (verb.) finden.

hadel (verb.) heben.

hadzinel (verb.) finden.

hafurt (adv.) beständig, unausgesetzt.

hakla (f. plur.) Häckerling.

hamzinel (verb.) gähnen.

hamziniben (m.) das Gähnen.

handia (f.) die Ameise.

hangoštinel (verb.) sich bäumen.

har (adv.) wie.

harangos (m.) die Glocke.

harangosinel (verb.) läuten.

harfos (m.) die Harfe.

hargider (adv.) länger.

hartiaris (m.) der Schmied.

hasno-i (adj.) der, die taugliche.

have (adv.) wer.

havo-i (adj.) welcher, welche.

havosal (pron.) Jemand, ein Gewisser.

hazika (f.) der Männerrock.

hegeduva (f.) die Violine.

helfirel (verb.) helfen.

helos (m.) Fleck, Stelle, Ort.

herengeri (f.) die Schürze.

heroi (plur.) die Füsse.

herbuzo (m.) die Melone.

hi (verb.) er ist.

hijaba (adv.) umsonst.

hijabachnaskéro (m.) der Umsonstesser, Taugenichts, Schmarotzer.

hipnengéro (m.) der Händler.

hita (f.) Hütte, Baude.

hlidinel (verb.) spähen, kundschaften.

hlintova (f.) die Kutsche.

holeder (adv.) ärger.

holubos (m.) die Taube.

hoske (adv.) warum.

hoste (adv.) wornach.

hostos (m.) der Gast.

hrihil (m.) die Erbse.

hrminel (verb.) donnern.

hrmisagos (m.) Donnerwetter.

hrozinel (verb.) drohen.

hugo (m.) eine weibl. Haube.

humna (plur.) die Scheuer, Tenne.

hum te (verb.) es ist nothwendig.

I.

Idia (m.) die Waare, Kleid.
igen (adv.) sehr.
igno-i (adv.) viel, sehr.
ikerel (verb.) halten, erhalten.
inke (adv.) noch.

irinel (verb.) kehren um, es steht
an, schickt sich.
isarel (verb.) zurückkehren, um=
kehren.

J.

Jak (m.) das Auge.
ják (m.) das Feuer, Acht, Auf=
merksamkeit. Dav ják ich gebe
Acht.
jamerdan (m.) der Befehlshaber.
jarmin (m.) das Kraut.
jaro (m.) das Mehl.
járo (m.) das Ei.
jarpos (m.) die Gerste.
javel (verb.) gehen.
jek (num.) eins.
jekatálo-i (adj.) der, die ein=
äugige.
jeketanel (verb.) sammeln.
jekurko (jek, kurko) (m.) eine
Woche.

jemia (f.) die Meile.
jerno (m.) die Feile, Wachs.
jerno-i (adj.) der, die nüchterne.
jeseris (num.) tausend.
jesonakai (m.) der Dukaten und
Gold.
jevent (m.) der Winter.
jílo (m.) das Herz.
jiv (m.) der Schnee.
joi (pron.) Sie, 3. Person weibl.
jon (pron.) Sie, 3. Person plur.
jov (pron.) Er, 3. Person sing.
juminel (verb.) drücken.
juro (m.) der Maulesel.
jutnori (f.) eine Jüdin.

K.

Kabni (adj.) schwanger, trächtig.
kahni (f.) die Henne.
kahnia (plur.) Geflügel.
kahniali bul (f.) das Hühner=
auge.

kahniálo-i (adj.) was von Hüh=
nern kommt.
kai (adv.) daß, damit, wenn, wo=
hin? wo?
kaisa (adv.) morgen.

kaisáris (m.) der Kaiser.

kak (m.) der Oheim, die Gesellschaft.

kaláráv (verb.) ich schwärze.

kalardi (f.) die Küche.

kalardo (m.) der Mohn.

kalárel (verb.) schwärzen, beschmutzen.

káli (f.) die Wagenschmiere, Tinte, Schwärze.

kálo (m.) die Dinte, Zigeuner, Rauchfangkehrer.

kálo kariálo (m.) die Schinke, Rauchfleisch.

kamel (verb.) können, wollen, lieben, begehren, wünschen.

kamló-i (adj.) der, die beliebte.

kan (m.) das Ohr.

kana (p.) wann, itzt.

kandel (verb.) sticken.

kandine (f. plur.) Zündhölzchen.

kandino-i (adj.) der, die stinkende.

kandini (f.) die Wanze.

kandipnaskeri (m.) Schwefelhölzchen.

kanglengéro (m.) Kammmacher.

kangli (f.) der Kamm.

káni (f.) Unschlitt.

kapuvi (f.) das Thor.

karav man (verb.) ich heiße, nenne mich.

karel (verb.) heißen, Namen führen.

karfos (m.) der Nagel.

kariálo (m.) das Fleisch.

karie dav (verb.) ich schieße.

kariedino (partic.) geschossen, angeschossen.

karik (part.) wohin.

karimnangri (f.) das Pistol.

karnišero (m.) der Richter.

káro (m.) der Dorn.

kartačis (m.) die Bürste.

kas (pron.) wen.

kas (m.) das Heu, khas (m.)

kaskéro (pron.) wessen.

kašt (m.) das Holz, der Wald.

kaštengeri (f.) die Säge.

kašteskéro (f.) der Zimmermann.

kašteskeri (f.) die Schaufel.

kaštuni (f.) der Kochlöffel, Stuhl, Sessel.

kašuko-i (adj.) der, die taube.

katar (adv.) woher, wodurch.

katel (verb.) spinnen.

katuna (f.) Baumwolle.

katunangero rom (m.) Zigeuner, der unter Zelten wohnt.

ke (Bdw.) daß, weil.

keci (Frag.) wie viel?

kechtica (f.) die Köchin.

kelel (verb.) tanzen, spielen, produciren sich.

kelíben (m.) der Tanz, die Komödie.

kepeniegos (m.) der Mantel.

kér (m.) das Haus.

kerádo-i (adj.) der, die heiße.

kereka (f.) das Rad.

kerel (verb.) thun, machen, arbeiten.

kerestos (m.) Crucifix, Christus.

keriben (m.) die Arbeit.

keribnaskéri (f.) die Haue.

keribnaskéro (m.) Arbeiter, Geselle.

keš (m.) die Seide.

kestiuva (f.) der Handschuh.

ketovos (m.) die Quaste.

khai (int.) wo.

khamel (verb.) wollen, lieben, wünschen.

kham (m.) die Sonne.

khana (adv.) itzt, wenn.

khandel (verb.) stinken.

khangéro (m.) der Thurm.

khárel (verb.) heißen.

khatar (adv.) woher.

khelel (verb.) tanzen, spielen.

kher (m.) der Esel.

khér (m.) das Haus.

kherav (verb.) ich mache, baue.

kherav dut (verb.) ich zünde an, mache Licht.

kheretuni (f.) Heimat, Vaterland.

khetáne zusammen, beisammen, auf einander.

khil (m.) das Schmalz, Butter.

khinel (verb.) kaufen.

khovel (m.) die Nachricht.

kia (präp.) zu.

kia rafale (adv.) abend.

kiav (f.) die Zwetschke.

kicári (m.) der Kreuzer.

kil (m.) Butter.

kil (präp.) zu.

kiló (m.) der Sumpf.

kio (präp.) zu, kio ágor zu Ende.

kiodova (adv.) zudem.

kirja (f.) Ameise.

kiral (m.) der Käse.

kirvo (m.) der Gevatter.

kisina (f.) die Küche.

klea (f.) der Klee.

kléja (f.) der Schlüssel.

klidin (m.) das Schloß Hängschloß.

klissel (verb.) reiten.

ko (pron.) wer?

kočák (m.) der Knopf.

kockaridi (plur.) das Aufstoßen.

kodova-i (pron.) welcher, welche.

kokalos (m.) das Bein, kokala (plur.) Würfel.

kokalengéri (f.) das Beinhaus.

koliba (f.) eine Hütte.

kolibinel (verb.) wiegen, z. B. ein Kind.

kolin (m.) die Brust.

kopi (f.) der Theil.

kopinel (verb.) graben.

kor (m.) die Stunde, jekova.

korák (m.) der Türke.

korakniori (f.) kleine Türkin.

korkóro-i (pron.) einsam, selbst, allein.

koripen (m.) die Blindheit.

koro-i (adj.) der, die blinde.

kóro (m.) der Krug.

koro (m.) Armband, Kleid, Maaß.

korotva (f.) das Repphuhn.

kosel (verb.) abwischen, auskehren, reinigen, sich schneuzen.

košel (verb.) fluchen.

košiben (m.) der Fluch.
koter (m.) ein Stück.
kova (f.) ein Ding, eine Sache, Etwas.
kovlárel (verb.) erweichen, weich machen.
kovlável (verb.) weich werden.
kovlo-i (adj.) der, die weiche.
králica (f.) die Königin.
králos (m.) der König.
krichel (verb.) kriechen.
krko-i (adj.) der, die bittere.
krlo (m.) die Stimme.
krmo (m.) der Wurm.
krno-i (adj.) der, die faule.
krňovel (verb.) faulen.
krutos (m.) das wälsche Huhn.

kuč (adv.) theuer.
kuči (f.) der Topf.
kučinel (verb.) Läuse suchen.
kugla (f.) die Kugel.
kuláto-i (adj.) der, die runde.
kuňara (f.) die Ufer.
kúni (m.) die Elle.
kúrel (verb.) schlagen, klopfen.
kurko (m.) der Sonntag, die Woche, Feiertrag.
kuriben (f.) der Krieg.
kurmin (f.) Brei, Kasche.
kúro (m.) der Hengst.
kušavel (verb.) rupfen.
kušto-i (adj.) der, die kahle.
kušválo (m.) der Schinder.
kuti (adv.) ein wenig.

L.

La (pron.) sie.
láčes (adv.) gut.
lácho-i (adj.) der, die süße.
lačipen (m.) die Güte.
láčo-i (adj.) der, die gute.
ládž (f.) die Schande, Scham.
ladžiáno-i (adj.) der, die verschämte.
ladžiav (verb.) ich schäme.
ladžiel (verb.) sich schämen.
ladžvakerdo-i (adj.) der, die unverschämte.
ladžvakeriben (m.) Unverschämtheit, unverschämte Rede.
lakóra (f.) die Nuß.

lákro-i (adj.) ihm, ihr gehörig.
laleri (f.) die Gemeinde.
laléro-i (adj.) der, die stumme.
lalóres (m.) der Böhme.
lalóro-i (adj.) der, die böhmische.
lancos (m.) die Kette.
landinia (plur.) die Linsen.
langel (verb.) hinken.
lango-i (adj.) der, die hinkende.
late (pron.) zu ihr, kia late zu ihr.
láv (m.) der Name, das Wort.
lav (verb.) ich nehme, trage.
laviskéro der Wortführer.
ledva (adv.) kaum.
legusiza (f.) die Wöchnerin.

leketova (f.) das Fürtuch.

leitkos (m.) die Wade.

lemavel (verb.) schlagen.

len (f.) der Bach, Fluß.

lenge (pron. dativ) ihnen.

lengero-i (pron.) der, die ihrige.

lepedova (f.) das Leintuch.

leperav (verb.) ich denke, stelle mir vor.

leperdel (verb.) sich erinnern.

leperel (verb.) denken, vorstellen.

les (pron.) es oder ihn.

leskéro-i (pron.) der, die seine, ihre.

leste (pron.) ihm.

libro (m.) das Buch, das Pfund, develeskéro libro die heilige Schrift, Bibel.

lidžav (verb.) ich führe.

lidžavav (verb.) ich trage.

lidžel (verb.) tragen, führen.

lik (m.) Niß, d. i. Ei der Laus.

likello (m.) Makel, Marktplatz.

lil (m.) der Paß, die Schrift, Brief.

lim (m.) der Rotz.

limálo-i (adj.) der, die rotzige.

linai (m.) der Sommer.

linäc (adv.) sommerlich, im Sommer.

linsa (f.) die Linse.

lisarda (f.) Eidechse.

liška (f.) der Fuchs.

lispermaskri (f.) Spinnrad.

lisperpen (m.) das Gespinnst.

lispervel (verb.) spinnen.

lithi (f.) der Baum.

litinel (verb.) bedauern.

lito (adv.) leid.

lodipen (m.) die Herberge, Quartier.

lokais (m.) der Diener.

lokin (m.) der Gulden.

lokes (adv.) leicht, gelassen, still.

loki (f.) der leichte Gulden.

loko-i (adj.) der, die leichte.

lokši (m.) die Nudeln.

loli (f.) rothe Rüben.

loli purum (f.) rothe Zwiebel.

lolo-i (adj.) der, die rothe, auch braune.

lon (m.) das Salz.

londiarel (verb.) salzen.

londo-i (adj.) der, die gesalzene.

londoforos die Stadt Schlan, Hallein.

lonkeren (m.) Salpeter, d. i. sie machen Salz.

lošaniovel (verb.) schmücken, ausstatten.

lofilel (verb.) gebären.

lovina (f.) das Bier.

lovineskéro (m.) der Bräuer.

love (plur.) das Geldstück.

lulervel (verb.) warten.

lunka (f.) der Rasen.

lurdica (f.) die Soldatenfrau.

lurdikano (adj.) der, die, soldatische.

lurdo (m.) der Soldat.

M.

Ma (ad.) nicht, nein.

macholárel (verb.) böse machen, erzürnen.

mačeskéro (m.) der Fischer.

máči (m.) der Fisch.

mačik (f.) der Knödl.

mačinel (verb.) fischen.

mačka (f.) die Katze.

makapen (m.) die Salbe, Pflaster, Kleister.

makav (verb.) ich male, schmiere, klebe.

makel (verb.) malen, schmieren, pappen.

makia (f.) die Fliege.

makli (f.) die Kreide.

máko (m.) der Mohn.

mál (m.) der Kamerad.

malum (m.) das Brod.

mami (f.) die Großmutter.

mamiškiča (f.) Hebamme.

mamui (adv.) gegenüber.

man (pron.) ich, mich.

mandar (pron.) von mir.

mande (pron.) mir.

mangel (verb.) bitten, betteln, beten.

mange (pron.) mir.

mangemaskéro-i (adj.) der, die bettelnde.

mangipen (m.) die Bitte.

mangipnaskéri (f.) Gebetbuch; das Bettelweib.

manglo-i (part.) der, die erbetene, erbettelte.

manser (pron.) mit mir.

manuš (m.) der Mensch.

manušano-i (adj.) der, die menschliche.

manušni (f.) Weibsperson.

manušvári (f.) der Galgen, Richtplatz.

mára (f.) das Meer.

marapeskéro (m.) der Mörder.

mardo (m.) der Schlag.

mardo-i (adj.) der, die geschlagene.

marel (verb.) tödten.

marengéro (m.) der Bäcker.

marha (f.) ein Ding; Waare.

mariben (m.) Schlägerei, Schlacht.

marikli (f.) der Kolatschen, Kuchen.

máro (m.) das Brod.

martilo (m.) der Zeuge.

mas (m.) das Fleisch.

masello-i (adj.) der, die fleischige.

masello dives (m.) der Sonntag.

masengéro (m.) der Fleischer.

maškar (adv.) unter, zwischen.

maškardives (m.) der Mittwoch.

maškarduno-i (adj.) der mittelste.

massob (adv.) wachsam.

massuri (f.) die Wand.

massus (m.) der Monat.

mato-i (adj.) der, die betrunkene.

matopen (m.) die Trunkenheit.

matovel (verb.) betrunken werden.

matrelli (m.) Erdäpfel (plur.)

me (pron.) ich, mich.

medčanča (f.) die Meise.

medria (f.) der Hof.

meg (praep.) nach.

mel (f.) der Schmutz.

melálo-i (adj.) der, die schmutzige.

meláli (f.) der Kaffee.

meliárel (verb.) beschmutzen.

mellelo-i (adj.) der, die schwarze.

— čiriklo (m.) der Staar, Vogel.

— bar (m.) der Schieferstein.

— ruk (f.) der Tannenbaum.

— veš (m.) Schwarz=, Nadel= wald.

men (m.) der Hals.

menákro-i (adj.) Hals=, z. B. menákro diklo Halstuch, me- nákro duk Halsweh.

menákro (m.) der Henker.

meneskéro (m.) das Kummet.

merapaskéro-i (adj.) der, die sterbliche.

merav (verb.) ich sterbe.

merel (verb.) sterben.

meriben (m.) der Tod, pro me- riben bis zum Tode.

merlo (m.) die Perle.

messelin (f.) das Tischtuch.

mieda (f.) das Kupfer.

miliklo (m.) die Koralle.

mindiar (adv.) gleich, leicht, so= fort.

mirjáklo (m.) das Wunder.

mišto (adv.) brauchbar, gut, tauglich.

mištos (m.) der Mist.

mižech (adv.) böse, schlecht, schlimm.

mižechčipen (m.) die Bosheit.

mogos (m.) der Kern im Obst.

mohdengero (m.) der Tischler.

mohdo (m.) Behältniß, Almer, Truhe, Dose.

mohl (adv.) werth, würdig.

mol (m.) der Wein.

molengéro (m.) der Weinhändler.

moliákro-i (adj.) was vom Weine kommt.

moliákro tem (m.) Oesterreich.

molivo (m.) das Blei.

molo (m.) der Tod.

mom (m.) das Wachs.

momeli (f.) die Kerze, Wachs= kerze, plur.

mor (m.) Bruder, Kamerad.

morav (verb.) ich schleife, wasche, reinige.

morel (verb.) schleifen.

morešo (m.) der Eiszapfen.

moriben (m.) die Wäsche.

morin (f.) die Beere, lóli morin Erdbeere.

mortchuno-i (adj.) der, die le= derne.

mortengéro (m.) die Gärber.

mortin (f.) die Haut.

moskri (f.) das Kinn.

mro, mri (poss.) mein, meine.

muč (adv.) ſelig.

mudiárel (verb.) auslöſchen.

mui (m.) der Mund.

mukav (verb.) ich höre auf, laſſe los, erlaube.

mukavav (verb.) ich erlaube, laſſe zu, ordne an.

mukel tele (verb.) vergeben, ver= zeihen.

muklo-i (adj.) der, die losgelaſ= ſene, erlaubte.

muláno-i (adj.) der, die verſtor= bene.

múli (f.) das Geſpenſt.

múlo-i (adj.) der, die todte.

multomangri (f.) der Thee.

murádi (f.) das Raſirmeſſer.

muravel (verb.) raſiren, ſchnei= den, abkratzen.

murdalipen (m.) das Aas.

murdálo-i (adj.) der, die krepirte.

murdalovel (verb.) ich krepire.

muri (f.) die Gans.

murš (m.) der Mann.

muršeduuo-i (adj.) der, die männ= liche.

N.

Na (neg.) nein, nicht, da haſt du?

nadável (verb.) nicht geben, nicht zulaſſen.

nadžianel (verb.) nicht können, nicht kennen, nicht wiſſen.

nafti (adv.) unpäßlich.

nagerin (adv.) ungerne.

nahi (unperſ. verb.) er, es kann nicht, unmöglich.

naj (m.) der Fingernagel.

nak (m.) die Naſe, der Schnabel.

nakamel (verb.) nicht wollen, nicht lieben.

nakébel (verb.) ſchluchzen.

nakeskéro-i (adj.) der, die naſige.

nakeskeró báro (m.) der Elefant.

nakeskéri valin (f.) die Brille.

nakhadiardo-i (adj.) der, die geſchluckte.

nakhavel (verb.) ſchlucken, ſchlin= gen.

nakválo-i (adj.) der, die naſe= weiſe, voreilige.

nalavo (m.) das Wort.

nane (part.) nicht, auch, iſt nicht.

nangipen (m.) die Nacktheit.

nango-i (adj.) der, die nackte.

napioli (m.) das Kalb.

narbulo (m.) der Narr.

narodos (m.) der Freund.

našádel (verb.) umbringen.

našádo-i (adj.) der, die umge= brachte.

nasal (verb.) du biſt nicht.

našapaskéro (m.) der Laufer, Fußgeher.

našapaskéro-i (adj.) der lau= fende, fließende, Eile.

našável (verb.) umbringen, tödten.

nášel (verb.) laufen, fließen, eilen.

naševel (verb.) verlieren.

naševel (verb.) sich verlieren, ir=
ren, verirren.

nášti (verb. imp.) nicht können,
geht nicht.

naštivinel (verb.) besuchen.

nasvalipen (m.) die Krankheit.

nasválo-i (adj.) der, die Kranke,
Invalide.

natronel (verb.) nicht dürfen.

nav (m.) der Name.

nay (part.) zeigt den Superlativ
an, z. B. nay báreder, der
größte u. s. w.

nebos (m.) der Himmel, die Wolke.

neg (part.) als.

nei (part.) ist die Form des Su=
perlativ z. B.

neibaréder (adv.) am schwer=
sten, größten.

neisigéder (adv.) allerwahrschein=
lichst.

nepritelos (m.) der Feind.

nevino-i (adj.) der, die unschuldige.

nevo-i (adj.) der, die neue.

nevo gáb (Eigenname) das neue
Dorf, d. i. Friedrichslohra bei
Erfurt, neue Zigeuner=Colonie.

nevopen (m.) die Neuigkeit.

niemcos (m.) der Deutsche.

nihavo-i (adj.) kein, keine.

nikai (adv.) nirgend.

nikana (adv.) niemals.

nikatar (adv.) nirgend, durch.

niklavel (verb.) hinaus gehen.

niko (pron.) Niemand.

nile (m.) Sommer, Frühling.

nina (adv.) auch, desgleichen.

ništ (part.) nichts.

niukos (m.) der Enkel.

noniza (f.) die Nonne.

novinos (m.) die Zeitung.

numera (f.) die Ziffer.

O.

O (articul.) der, eine.

ochto (num.) acht.

ochtoto-i (adj.) der, die achte.

ochtovardeš (num.) achtzig.

oda (art.) der, dieser.

odoi (adv.) dort.

odoleha (adv.) daher.

odoleske (part.) weil, darum,
daher.

odova (art.) der.

okia (interj.) weg.

okla (adv.) weg, ab, davon.

okodoi (adv.) dort.

opovažinel (verb.) sich unter=
stehen, wagen.

oš (m.) der Thau.

ostros (m.) die Schärfe.

outerkos (m.) Dienstag.

P.

Pabui (f.) das Obst, der Apfel.

pabuiengéri marikli (f.) der Aepfelkuchen.

pabuiengéro (m.) der Obsthänd=ler.

pabuiengéro(m.) das Obst, der Apfelbaum.

pacala (m.) der Magen, die Kuttel.

pačapen (m.) der Glaube, Mei=nung, Vertrauen.

pacel (verb.) leihen.

páčel (verb.) glauben.

padervel (verb.) baden.

pagerpen (m.) der Bruch.

pagervel (verb.) brechen, zer=reißen, ruiniren.

pagi (f.) das Eis.

pahrda (f.) die Schnur.

pahonel (verb.) frieren.

pahunis (f.) der Bart.

pai (f.) das Brett.

paitrin (m.) das Blatt.

pakni (f.) die Flügel.

páko (adv.) bald.

pal (praep.) nach.

pál (m.) das Brett.

pálal (praep.) in.

palduno-i (adv.) der hintere, letztere.

palduno dives (m.) Nachmittag.

pale (adv.) nach, hernach.

paletedel (verb.) umkehren.

paletuno-i (adj.) der, die, letzte.

pálo (adv.) hinten.

palobrek (m.) der Busen, pal o brek.

palšto (m.) der Ballen.

palteisaskéro (adv.) übermorgen.

pamelis (m.) das Oel.

panč (num.) fünf.

páni (m.) das Wasser.

panineskéro tem das Wasser, Land, d. i. England.

papále(adv.) wieder.

papin (m.) die Gans.

papinori (f.) der Affe.

pápo (m.) der Großvater.

pápros (m.) der Pfeffer.

pápus (m.) der Großvater.

pár (m.) die Seide.

paramisa (f.) die Erzählung.

parapaskéro (m.) Händler, ins=bes. Roßhändler.

parapen (m.) der Tausch.

parastiovin (m.) Samstag.

parastiovin jekto (n.) Freitag.

paravel (verb.) tauschen.

pardo-i (adj.) der, die volle.

pardo (adv.) voll.

pardovel (verb) füllen, einschän=ken.

pareni (f.) die Biene.

parenno-i (adj.) der, die seidene.

pares (adv.) folglich, folgend.

pari (adj.) die schwangere.

parievel (verb.) platzen.

parint (f.) die Decke, Matratze.

parkerpaskéro-i (adj.) der, die dankbare.

parkerpen (m.) die Dankbarkeit, der Dank.

parkervel (verb.) danken.

parnavipen (m.) die Freundschaft.

parnávo-i (adj.) der, die freundliche.

parne (plur.) die Windeln des Kindes.

parnengri (f.) Banknoten, Papiergeld.

parni (f.) die Kreide.

parno (m.) das Papier, der Kalk.

parno-i (adj.) der, die weiße.

parno kokálo (m.) das Elfenbein.

parno ruk (m.) der weiße oder Birkenbaum.

parno saster (m.) das Weißblech.

parnópen (m.) das Weiße.

parno sasterengéro (m.) der Klempner, Blechschmidt.

páro-i (adj.) der, die folgende.

paronav (verb.) ich begrabe, vergrabe.

párta (f.) das Band.

paš (num.) halb, die Hälfte.

paš (adv.) neben, paš mande neben mir.

pašal (adv.) herum.

pašali (m.) der Kreuzer.

pašav (verb.) ich spiele.

paškirpen (m.) das Begräbniß.

paškirvel (verb.) begraben.

paššel (num.) fünfzig.

páslel (verb.) liegen.

pašo (adv.) während.

pašopen (m.) die Hälfte.

pašpašák (m.) der Pfennig.

pašphen (f.) Halbschwester, Stiefschwester.

pašphrál (m.) Halb-, Stiefbruder.

pašráti (f.) Mitternacht.

paštel (verb.) lügen.

pašvero (m.) die Rippe.

pata (f.) die Fußsohle.

patavengéro (m.) der Strumpfwirker.

patave (f.) der Strumpf.

patiapen (m.) der Glaube.

patiav (verb.) ich glaube.

patiben (m.) die Ehre, Hochachtung.

pativáles (adv.) ehrlich, glaubwürdig.

pativálo-i (adj.) der, die ehrliche.

patrádi (f.) ein Feiertag.

patuna (f.) die Ferse.

patuvákro-i (adj.) der, die ehrfurchtsvolle.

payer (m.) die Scheibe.

peda (f.) Ding, Sache, Geräth.

pedo (m.) der Kerl.

pehenda (f.) die Nuß.

pekamaskri (f.) die Bratröhre.

pekaris (m.) der Bäcker.

pekel (verb.) braten.

pekiben (m.) der Braten.

peko-i (adj.) der, die gebratene.

pelcka (f.) Spielkarten.

pelcos (m.) der Pelz.

pélo (part.) gefallen.

pelo-i (adj.) der, die gefallene.

pena (f.) die Welle.

penapen (m.) die Rede, Ant=
wort, Befehl, Entscheidung, Ur=
theil.

penapena deša (plur.) Zehnge=
bote.

peperi (f.) der Pfeffer.

per (m.) der Bauch.

peramaskri (f.) die Falle.

perapaskéro (m.) ein Spaßma=
cher.

peras (m.) der Scherz.

perav (verb.) ich falle (praet.
pelom, ich bin gefallen.)

perdal (adv.) darüber, hinüber.

perel (verb.) fallen.

pereli (f.) eine Wespe.

perint (m.) ein Frember.

pernango-i (adj.) der, die bloß=
füssige.

pernica (f.) das Bett.

pes (pron.) man, sich.

pes šegol (verb.) es geschah, trug
sich zu.

peske (pron.) ihm, ihr, sich.

peskéro-i (adj.) sein, seine.

peskro (prop.) zu, bei.

peso-i (adj.) der, die starke,
schwere.

pesopereskéro (m.) Dickbauch,
Vorsteher, Bürgermeister, Rich=
ter ꝛc.

pešo (adv.) zu Fuß.

petalengéro (m.) der Hufschmied.

petalos (m.) das Hufeisen.

phabai (m.) der Apfel.

phagerav (verb.) ich breche.

phagerdo (part.) gebrochen.

phagerel (verb.) brechen.

phagi (m.) die Strafe.

phák (m.) der Flügel.

phála (f.) der Fußboden.

phandel (verb.) binden, einsper=
ren, schließen, umgeben.

phandliopen (m.) ein Band.

phandlo-i (adj.) der, die gebun=
dene, eingesperrte, gefangene.

phandlo foros (m.) eine mit
Mauern umgebene Stadt. Prag
bei böhmischen Zigeunern.

phangerel (verb.) lahm machen,
einigen, z. B. phangerindos
vastenca händeringend.

phangiovel (verb.) lahm werden.

phar (m.) der Tafft.

pharádo-i (part. adj.) der, die
zerrissene.

pharável (verb.) spalten, reißen,
bersten.

pharíben (m.) die Schwere, das
Gewicht.

pháro-i (adj.) der, die schwere,
große.

pharovável (verb.) beißen.

pharuvel (verb.) handeln, kaufen.

phen (f.) die Schwester.

phenel (verb.) reden, sagen, ra=
then, befehlen.

pheraskérel (verb.) scherzen.

pherel (verb.) schöpfen.

pherdo-i (adj.) der, die volle, an=
gefüllte.

pheribnaskeri (f.) die Flinte.

pherno (m.) das Kopftuch.

phiko (m.) die Achfel.

phinkengeri (f.) der Mantel.

phirádo-i (part. adj.) der, die
aufgebundene.

phiravel (verb.) aufbinden, los=
lassen.

phiraverdo-i (adj.) der, die, auf=,
losgebundene.

phivli (f.) die Witwe.

phivlo (m.) der Witwer.

phokinavel (verb.) ausruhen,
raften.

phondielkos (m.) Montag.

phosádi (f.) die Gabel.

phosavel (verb.) ftechen.

phova (plur.) die Augenbrauen.

phradel (verb.) öffnen.

phrál (m.) der Bruder.

phučel (verb.) fragen.

phučiben (m.) Frage, Verhör,
Prüfung.

phučovel (verb.) prahlen, groß
thun.

phui (adv.) nichtswürdig.

phukel (verb.) klagen, geftehen,
reden, ausfagen.

phukni (f.) die Blafe.

phurav (verb.) ich werde alt.

phurd (m.) die Brücke.

phurdel (verb.) aufblafen.

phurdini (f.) das Wiefel.

phurdino-i (adj.) der, die aufge=
blafene, lungenfüchtige.

phurdipaskri (f.) die Trompete.

phuriben (m.) das Alter.

phuro-i (adj.) der, die alte.

phus (m.) das Stroh.

phutrável (verb.) auftrennen, lö=
fen, zerreißen.

phuv (f.) die Erde.

phuviengeri (f.) die Erdäpfel.

piaw (m.) die Hochzeit.

piaveskéro (m.) der Bräutigam.

piaviskriza (f.) die Braut.

piben (m.) der Trank.

pichálo (m.) die Mühle.

pijel (verb.) trinken.

pijel thuválo (verb.) rauchen Ta=
bak, eigentl. Tabak trinken.

pikho (m.) die Achfel.

pikingero (m.) der Knödel.

piko (m.) die Kugel.

pilinos (m.) Sägefpäne.

pimaskri (f.) ein Becher, Trink=
gefäß, Pfeife.

pipi (f.) die Muhme.

piráli (f.) das Zimmer, die Kam=
mer.

piráno-i (adj.) der, die Geliebte.

pirável (verb.) umgehen, um=
kehren.

pirengéro (m.) der Töpfer.

piri (m.) der Topf.

piripaskro (m.) der Schlüffel,
Sperrhaken.

pirlin (f.) die Biene.

piro (m.) der Fuß.

piropen (m.) die Freiheit.

pišaleskéro (m.) der Müller.

pišálo (m.) die Mühle.

pišot (m.) der Blasbalg.

pizdel (verb.) mischen.

plavinel (verb.) schwimmen.

pleiserdum ober.

pleiserpen(m.)Belohnung, Sold, Zahlung.

pleiservel (verb.) zahlen.

plimel (verb.) schwimmen.

pobisterel (verb.) vergessen.

pochdan (m.) die Leinwand.

pochdanengéro (m.) der Weber.

pochdáno-i (adj.) der, die lein= wandene.

pocinel (verb.) zahlen.

pociniben (m.) die Bezahlung.

podeskéro (m.) der Büttel.

pohagerel (verb.) zerbrechen.

pokono (adv.) still, ruhig, fried= fertig.

pokos (m.) der Bock.

polamaskri (f.) der Taufschein.

polav (verb.) ich taufe, tauche.

poldo-i (adj.) der, die getaufte, daher bipoldo der ungetaufte, Jude.

polel (verb.) taufen, tauchen, naß machen.

polokes (adv.) langsam.

polokores (adv.) still, heimlich.

polopen (m.) der Himmel.

pomp (m.) der Euter.

pono (m.) der Pfau.

popelos (m.) der Staub, Asche.

por (m.) die Feder.

pora (plur.) der Darm, das Ge= bärme.

poreskéro (m.) der Schreiber.

pori (m.) der Schweif.

porik (f.) die Beere.

porr (m.) der Wald, Gebüsch, Gehölz, Hecke.

porreskéro (m.) der Forstmann, Jäger.

port (m.) die Brücke.

portel (verb.) blasen.

porto-i (adj.) der, die aufgeblasene, stolze.

posádi (f.) die Gabel.

poši (f.) der Sand.

pošik (m.) der Grund, Boden.

positi (f.) der Sack.

poske (adv.) bis.

postin (m.) der Pelz.

postinengero (m.) der Kürschner.

potisa (f.) die Tasche.

potsin (f.) die Tasche.

potsinakro diklo (m.) das Ta= schentuch.

potsinákro kelepaskéro (m.) der Taschenspieler.

potsinengéro čór (m.) der Ta= schendieb.

pottingo (m.) die Blatter.

pozdeš (adv.) spät.

pral (adv.) oben, darüber.

praldúno-i (adj.) der, die oberste.

prasápen (m.) Schimpf, Schande, Acht.

prasel (verb.) schimpfen.

prastel (verb.) laufen, eilen.

prati (f.) Gurte, Gürtel, Leine.

pre (praep.) auf, zu.

preca (adv.) doch, ungeachtet.

pre jekvar (part.) auf einmal.

prekálo (praep.) über.

preko (Partikel) zer, bei z. B. zerreißen.

prengri (f.) die Schuhe.

prerat (adv.) Abends.

preskéro (m.) der Thorwächter.

preterpen (m.) die Drohung.

pretervel (verb.) drohen.

prindžel (verb.) kennen, wissen.

prinjeri (f.) der Mist.

prisermaskéro (m.) das Gebetbuch.

prisermaskri verklin (f.) Gebetkette oder Rosenkranz.

priserpen (m.) das Gebet.

priservel (verb.) beten.

pró (m.) der Fuß.

pro (praep.) denn, als, auf, zu.

proda (part.) darauf.

pro dilos (adv.) zu Mittag.

pro grai (adv.) zu Pferd.

pro jevent (adv.) zur Herbstzeit.

pro linai (adv.) Frühlings.

pro vast (adv.) aus der Hand.

pršejnel (verb.) vergönnen.

pršint (m.) der Regen.

pučapen (m.) die Frage.

pučel (verb.) fragen.

pučkuri (f.) die Socken.

pučnin (f.) die Ziege.

pučum (m.) der Ziegenbock.

pukel (verb.) verrathen.

pukeskero-i (adj.) was vom Eingeweide kommt.

pukeskeri goich (f.) die Leberwurst.

puko (m.) die Leber, Lunge, Milz, alle Brust- und Baucheingeweide mit Ausnahme des Herzens.

puneta (f.) die Mütze, Haube.

punetengéro (m.) Mützen-, Kappenmacher.

purel (verb.) sengen, brennen.

purdipnengéro (m.) der Nachtwächter.

purika (m.) der Esel.

puro-i (adj.) der, die alte.

purópen (m.) das Alter.

purum (f.) der Zwiebel.

pusech (f.) der Sporn.

pushum (f.) die Wolle.

pusinka (f.) die Blase, der Tabaksbeutel.

phus (m.) das Stroh.

pušt (m.) die Lanze, Hellebarde.

puštiákro (m.) Spießträger, Wächter.

puv (m.) die Erde.

puveskéro-i (adj.) der, die erdige, irdische.

puviákro (m.) Erdarbeiter, Maulwurf.

puviakro šošoi (m.) der Erdhase, Kaninchen.

puviengeri (f.) Erdäpfel.

R.

Ráha (adv.) lange, lange her.

ráj (m.) der Herr.

rajkáno-i (adj.) der, die herrschaft=
liche.

rakerel (verb.) reden, schwatzen.

rakerpaskéro (m.) Redner,
Schwätzer.

rakerpen (m.) Rede, Gespräch,
Geschwätz.

rakhel (verb.) behüten, bewahren,

rákli (f.) ein Mädchen.

ráklo (m.) ein Bursche, Knabe.

rákos (m.) der Krebs.

randel (verb.) kratzen.

ráni (f.) die Frau.

rani (m.) die Ruthe.

repáni (f.) die Rübe.

rasibnaskéri (f.) die Bachstelze.

rasinel (verb.) zittern.

rašai (m.) der Priester.

rát (m.) die Nacht.

rat (m.) das Blut.

rataskéro (m.) der Wundarzt,
Arzt.

ratiaha (adv.) Morgens, zeitlich.

ratiakéro-i (adj.) der, die nächt=
liche.

ratiskri (plnr.) die Adern.

ratválo (adj.) der, die blutige.

ratválo foros (Eigenname) Ra=
konitz, d. i. blutige Stadt.

ratválo páni (m.) das Meer,
rothe Meer.

ratvárel (verb.) bluten.

ratuno-i (adj.) der, die nächtliche.

reškirdo-i (adj.) der, die verkehrte.

reškirvel (verb.) umkehren.

ressel (verb.) treffen.

retsá (f.) die Ente.

retšolis (f.) die Weste.

rič (m.) der Bär.

rik (f.) die Seite.

rikervela (f.) das Gedächtniß.

rikirel (verb.) dauern, halten,
behalten, erinnern.

rila (adv.) früh, morgens.

rinčkos (m.) der Gulden.

ripen (m.) Kleid, Kleidung, An=
zug.

risárel (verb.) umkehren.

risardo-i (adj.) der, die umge=
kehrte.

rišo (adv.) frisch, munter.

rišo (m.) die Binse, Schilf, Rohr.

rodel (verb.) suchen.

rodipen (m.) die Nachforschung.

rohato-i (adj.) der, die eckige, ge=
hörnte.

roj (f.) der Löffel.

roliárel (verb.) beweinen, trauern,
bedauern.

rom (m.) der Mann, der Zigeuner.

románo-i (adj.) der, die männliche,
zigeunerische.

románo ruk (m.) Buche, wörtl.
Zigeunerbaum.

romedino-i (adj) der, die verhei=
ratete.

romni (f.) das Weib, die Frau.

romniakéro-i (adj.) der, die
weibische, weibliche.

romniatel (verb.) heiraten.

rovel (verb.) weinen.

rovipen (m.) das Weinen.

rovlardo-i (adj.) der, die ver=
weinte.

rovli (f.) der Stock.

rovnonis (adv.) gerade aus.

ruk (m.) der Baum, Holz.

ruminel (verb.) verderben, ruini=
ren.

rup (m.) das Silber.

rup džido (m.) das Quecksilber.

rupengéro (m.) der Silberar=
beiter.

rupono-i (adj·) der, die silberne·

rupovo (m.) der Thaler.

rušavel pes (verb.) sich ärgern.

ruv (m.) der Wolf.

S.

Safranos (m.) der Safran.

sáhos (m.) die Klafter.

sako (pron.) ein Jeder.

sal (verb. II. pers.) du bist.

sanja (f.) der Aal.

sano-i (adj.) der, die dünne.

sanóro-i (adj.) der, die dünne.

santanella (f.) die Schildwache.

santervistro (m.) der Schürr=
baum.

sap (m.) die Schlange.

sapanipen (m.) die Nässe, Morast.

sapáno-i (adj.) der, die nasse.

sapav (verb.) ich feuchte an, be=
netze.

sapli (f.) die Eidechse.

sapniárel (verb.) naßmachen, be=
feuchten.

sapniovel (verb.) naß, feucht
werden.

sapunengéro (m.) Seifensieder.

sapunis (m.) die Seife.

sapuno-i (adj.) feucht von der
Schlange.

sapuno chuchur (m.) der Flie=
genschwamm.

saro (m.) Trumpf im Kartenspiel.

sasitkes (adv.) deutsch.

sassos (m.) der Deutsche.

sastárel (verb.) heilen, kuriren.

saster (m.) das Eisen; Eis.

sastera (plur.) Gitter, Schluß=
eisen.

sasterengéro (m.) der Eisen=
arbeiter.

sastereskéro-i (adj.) der, die
eiserne.

sastereskro tav (m.) der Draht.

sastereskro drom (m.) die Eisen=
bahn.

sasterni vurdin (f.) Eisenbahn=
wagen.

sasterno-i (adj.) eisern u. eisig.

sasti (verb. irreg.) können, ver=
mögen.

sastipen (m.) die Gesundheit.

sasto-i (adj.) der, die gesunde.

sastopaskéro (m.) der Arzt.

sastopaske tumaro (imf.) auf
deine Gesundheit!

sastovel (verb.) heilen, genesen.

sastrúno-i (adj.) der, die eiserne.

savaris (m.) der Zaum.

savel (verb.) lachen, verspotten.

savio (m.) der Säbel.

savore (num.) alle.

sen (m.) der Sattel.

senelo-i (adj.) der, die grüne.

seneli džampa (f.) Laubfrosch.

seneli patrinia (f.) das Laub.

sengarin (f.) die Jagd.

sereskero-i (adj.) See=.

seria (m.) der Knoblauch.

serinde (adv.) tausendweise.

sero (m.) der Kopf.

serves (adv.) links.

servo (m.) der Hirsch.

sidiovel (verb.) eilen.

sido-i (adj.) der, die feine, dünne,
geschmeidige.

sik (adv.) bald, geschwind.

sikel (verb.) zeigen.

sikeder (adv.) eher.

sikerdo-i (adj.) der, die gelehrte.

sikermaskri (f.) die Schule.

sikerpaskéro (m.) der Lehrer.

sikerpaskéro gampanákro (m.)
Zeiger an der Uhr.

sikerpen (m.) die Lehre.

siklarel (verb.) lehren.

siklariben (m.) die Lehre.

siklo-i (adj.) der, die gewohnte.

siklóvel (verb.) lernen.

sikoro (adv.) sehr geschwind.

sikratiaha (adv.) Morgens.

silabis (m.) die Zange.

silava (f.) die Zwetschke, Obst.

sildo-i (adj.) der, die besiegte,
bezwungene.

silépen (m.) der Zwang.

silerel (verb.) zwingen.

simiris (m.) der Riemen.

simmeto (m.) das Pfand.

sinto (m.) die Zigeuner.

sir (adv.) so, als, wie.

sír (m.) der Knoblauch.

sirna (f.) der Stern.

sivel (verb.) nähen.

sivibnaskéro (m.) Schuster,
Schneider, Fingerhut.

sivo-i (adj.) der, die graue.

skamin (m.) der Tisch.

skarkuni (f.) die Schnecke.

skornia (f.) der Stiefel.

slibinel (verb.) versprechen.

smutno-i (adj.) der, die traurige.

smrkadel (verb.) schneuzen.

so (adv.) was.

sobota (f.) Samstag.

so dui (num.) beide.

soha womit.

so kames? (verb.) was willst du?

solete (plur.) Leute.

som (verb.) ich bin.

somas (verb.) ich war.

somnakai (m.) das Gold.

somnakaskéro (m.) der Gold-
schmidt.

somnakúno-i (adj.) der, die
goldene.

soni (m.) der Traum: suno (m.)

sór (m.) Stärke, Kraft; Krampf,
Schärfe, Gift.

soreli (f.) der Nerv.

sorelo-i (adj.) stark, fest, verläß-
lich.

sorelo ruk (m.) der starke d. i.
Eichenbaum.

sorlet (f.) die Blume.

soske (Fürw.) warum? weßhalb?

sovel (verb.) schlafen.

sováló-i (adj.) der, die schläfrige.

sovel (f.) der Schwur, Eid.

soviben (m.) der Schlaf.

sovibnastar (adv.) aus dem
Schlafe.

spidel (verb.) schieben, stoßen.

spievakos (m.) der Leiter.

spilel (verb.) stoßen, schieben.

srncos (m.) das Reh.

stadengéro (m.) der Hutmacher.

stádin (m.) der Hut.

stakerpen (m.) Tritt, Schritt,
Stufe, Fährte, Stand, Gerüst.

stala (f.) der Stall.

stamin (m.) der Stuhl.

stania (f.) der Stall.

starel (verb.) verhaften.

stardo-i (adj.) der, die Verhaftete,
Arrestant.

stariben (m.) das Gefängniß.

stežinel (verb.) sich klagen.

stiga (f.) der Fußsteg.

stildel (verb.) fangen.

stildo-i (adj.) der, die verhaftete,
gefangene.

stilipen (m.) der Arrest.

strastuni (f.) eine Pfanne, sa-
struni (m.)

stredone (m.) der Mittwoch.

su (adv. präp.) zu; reg. den Dativ.

sumepaskéro-i (adj.) der, die
eifersüchtige.

sumepen (m.) die Eifersucht.

sumevel (verb.) eifersüchtig werden.

sumin (f.) die Suppe, Brühe.

sung (m.) der Geruch.

sungel (verb.) riechen.

sungibnaskéri (f.) die Tabak-
dose, Blume, jedes Ding zum
Riechen.

suno (m.) der Traum.

surepen (m.) Geschlecht, Zopf.

surevel (verb.) flechten.

surétto (m.) die Maus.

suro-i (adj.) der, die graue.

suto-i (adj.) der, die liegende,
schlafende.

súv (m.) die Nadel, bango suv
die Angel.

suvakéro (m.) Nadel-Büchse,
Schneider.

suvel (verb.) nähen.

suvengéro (m.) Schneider.

suvimaskri (f.) Fingerhut.

sva (f.) die Thräne.

sviri (f.) der Hammer.

Š. Sch.

Šach (m.) das Kraut, Kapuste.

šai (verb. imp.) es kann.

šarapen (m.) das Lob, Preis.

šarel (verb.) loben.

šare (pron.) alle.

šegel (verb. imp.) es geschieht, kommt vor.

šel (num.) hunderte.

šelengéro (m.) der Seiler.

šeleskéro (m.) Gensd'arme.

šelo (m.) der Strick.

šelto-i (adj.) der, die hundertste.

šelvar (adv.) hundertmal.

šerabi (f.) die Mütze.

šero (m.) der Kopf.

šidlos (m.) die Ahle; Schuster.

šido-i (adj.) der, die glühende.

šetršinel (verb.) schonen.

šil (m.) die Kälte.

šilalárel (verb.) kalt machen, ver= kühlen.

šiláli (f.) das kalte Fieber, der Keller.

šilálo-i (adj.) der, die kalte.

šin (m.) die Farbe.

šing (m.) das Horn.

škola (f.) die Schule.

škorni (f.) die Stiefel.

šodova (p.) was ist das?

šogoris (m.) der Schwager.

šoha (adv.) nie, niemals.

šol (m.) der Pfiff, Laut; nadel šol er muckte nicht.

šolel (verb.) pfeifen.

šošoi (m.) der Hase.

šov (num.) sechszig.

šovar (num.) sechszigmal.

šovto-i (adj.) der, die sechs.

špandervel (verb.) anspannen.

špreili (plur.) die kleine.

štár (num.) vier.

štarto-i (adj.) der, die vierte.

štarvar (adv.) viermal.

štarvarbis (num.) achtzig.

šterni (f.) der Stern.

šti (verb. imp.) es ist möglich, ich kann.

štuška (f.) das Band.

šučo-i (adj.) der, die Wüste.

šudrável (verb.) kühlen.

šukár (adj.) rein, schön, adv. šukares.

šukerpen (m.) die Schönheit, Lie= benswürdigkeit.

šukipen (m.) die Dürre.

šuko-i (adj.) dürre, trocken.

šulavel (verb.) mit dem Besen kehren.

šularibneskéri (m.) der Kehr= besen.

šulárel (verb.) sauer machen.

šumel (verb.) hören, aufmerken.

šunel (verb.) hören.

šurna (f.) die Scheune, Scheuer.

šut (m.) der Essig.

šutárav (verb.) ich trockne.

šutli (f.) das Schießpulver.

šutlo-i (adj.) der, die sauere.

šutlóvel (verb.) sauer werden.

šutóvel (verb.) dürr, trocken wer=
ben.

šuvlipen (m.) die Geschwulst.

šuvlo-i (adj.) der, die geschwol=
lene.

šuvlovel (verb.) anschwellen.

šva (f.) die Thräne.

švako-i (pron.) jeder, jebe.

švendo-i (adj.) der, die heilige.

šveto (m.) die Welt.

T.

Tacha (f.) das Dach.

tafanel (verb.) erwürgen, ersticken.

taicho (m.) der Teich.

taisa (adv.) morgen.

taisuno-i (adj.) der, die morgige.

takar (m.) der König.

takarni (f.) die Königin.

takarúno-i (adj.) der, die könig=
liche.

tala (adv.) vielleicht.

talienel (verb.) begegnen.

talinel (verb.) errathen, treffen.

tálo (m.) der Teich.

talpa (f.) die Sohle.

talubos (m.) der Gaumen, Zahn=
fleisch.

tambuk (m.) die Trommel.

tamlipen (m.) der Nebel.

tamlo-i (adj.) der, die finstere, dun=
kle, düstere.

tamlopen (m.) die Dunkelheit,
Finsterniß.

taperpen (m.) der Griff, der
Fang.

tapervel (verb.) greifen, fangen,
ertappen.

tarel (verb.) fürchten.

tarnopen (m.) die Jugend.

tasel (verb.) broffeln.

taslovel (verb.) ertrinken.

tatiárel (verb.) erwärmen.

tatipen (m.) die Wärme.

tato-i (adj.) der, die warme,
gekochte.

tatopen (m.) die Wärme.

tatovel (verb.) erwärmen.

tável (verb.) kochen.

te (part.) daß.

tefelos (f.) der Schmetten, Milch.

telel (verb.) holen, bringen.

telduno-i (adj.) der, die untere.

tele (praep.) unter.

tele kak (pr.) unter der Achsel.

telel (m.) das Thier.

telenciko-i (adj.) der, die fälberne.

telentos (m.) das Kalb.

teluno-i (adj.) der, die untere.

tem (m.) das Laub, avri tem das Ausland.

temeskro (adj.) der, die inländische.

temeskri čib die Landessprache.

tena (adv.) damit.

terdo-i (adj.) der, die stehende.

terdo som (verb.) ich stehe, bin auf.

terdovel (verb.) aufstehen.

terduni (f.) eine Almer, Kasten.

terikirel (verb.) halten.

terniovel (verb.) jung werden.

terno-i (adj.) der, die junge.

ternópen (m.) die Jugend.

teruni (f.) das Land.

thabovel (verb.) brennen.

thadovel (verb.) fließen.

thalik (f.) Mantel ohne Ärmel.

than (m.) das Tuch.

thanengéro (m.) der Tuchmacher.

thanuno-i (adj.) der, die tuchene.

tharel (verb.) brennen.

thardimol (f.) der Branntwein.

thardo-i (adj.) der, die gebrannte, heiße.

thav (m.) der Faden.

thavas (adv.) nothwendig.

thavaskro ker (m.) das Arbeits=, Zwangshaus.

the (conj.) und.

them (m.) die Herrschaft.

thil (m.) das Schmalz.

thilava (f.) Obst, Zwetschke.

thilengéro (m.) der Schmalz=händler.

thileskeri (f.) das Butterfaß.

thodel (verb.) einstecken.

thovel (verb.) geben, waschen, verdienen, pflanzen. Z. B. thovav pro grast zen ich gebe den Sattel aufs Pferd; thovav avri (verb.) ich wasche; thovav love ich verdiene Geld; thovav lithi pflanze einen Baum.

thud (m.) die Milch.

thudengéro (m.) der Milchkeller.

thulo-i (adject.) der, die dicke, fette.

thulo kokalengéro (m.) Mark, Speck.

thulovel (verb.) dick, fett werden.

thuv (m.) der Rauch.

thuvali (f.) Tabakspfeife.

thuvalo (m.) Tabak.

tikniarel (verb.) klein, kürzer machen.

tikno-i (adj.) der, die kleine.

tinia (f.) der Schatten.

tisero (m.) der Pferdehändler.

tizza (f.) die Angelruthe.

torin (f.) das Band, Gürtel, Bündniß, Partei.

tos (m.) der Morast.

tovadai (f.) die Taube.

továpen (m.) die Wäsche.

tovel (verb.) waschen.

tover (m.) die Hacke.

tráb (m.) die Wurzel.

trabengéro kher (m.) die Apo=
theke.

tradel (verb.) treiben, vertreiben.

tranšuris (f.) der Teller.

traš (m.) die Furcht.

trašav (verb.) ich fürchte.

trašduno-i (adj.) der, die furcht=
same, ängstliche.

travervel (verb.) beten, lesen,
predigen.

trdel (verb.) ziehen.

trderdo-i (adj. pat.) der, die
gezogene.

trdibnaskéro grast (m.) das
Zugpferd.

trdino-i (adj.) der, die gezogene.

trdipen (m.) das Pfund.

tre (praep.) ein, hinein.

trepi (f.) die Stiege.

tressurie (plur.) der Schrott.

tri (pron.) deine.

trianda (num.) dreißig.

triandavar (num.) dreißigmal.

trin (num.) drei.

trinkopi (3.) das Dritttheil.

trissel (verb.) zittern.

tritodivesuno-i (adj.) der, die
dreitägige.

trivar (num.) dreimal.

trivarbiš (num.) sechszig.

tro (pron. poss.) dein.

troi (pron. poss.) deine.

tromel (verb.) dürfen.

trpinel (verb.) leiden.

trumáni (f.) die Musik.

trupos (m.) der Leib, das Leben.

trušel (verb.) dürsten.

trušilo (m.) der Durst.

trušul (m.) das Kreuz.

tsar (m.) der Affe.

tucho (m.) der Hauch.

tuke (pron.) dir.

tumáro-i (pron.) der, die euere.

tumen (pron.) ihr.

tumenge (pron.) euch.

turdli (f.) Faß, Tonne, Kufe.

turkepaskéro (m.) der Prophet.

turkepen (m.) die Prophezeiung.

turkevel (verb.) prophezeien.

tušni (f.) die Flasche.

tut (pron.) du, dich.

tutar (pron.) von dir.

U.

Uča (interj.) oh!

učes (adv.) hoch.

učkárel (verb.) zudecken.

učiben (m.) die Höhe.

učipen (m.) die Höhe.

učo-i (adj.) der, die hohe.

ulevel (verb.) fahren.

umlel (verb.) aufhängen.

unga (pron.) nicht wahr?

ungridkes (adv.) ungarisch.

ungridko-i (adj.) der, die un=
garische.

upre (part.) oben, so, die Art.

upreneder (comp.) höher.

upruno-i (adj.) der, die oberste,
höchste.

uraka (f.) ein Mantel.

urav (verb.) ich ziehe mich an.

uravipen (m.) Kleidung.

urdipen (m.) der Anzug, Kleidung.

urdo-i (adj.) der, die angekleidete.

urel (verb.) anziehen, ankleiden.

ušanel (verb.) einmachen.

uštiel (verb.) erwachen, aufstehen.

uva (conj.) ja, aber.

už (conj.) auch, schon.

užárel (verb.) warten.

užlárel (verb.) leihen.

užlipen (m.) die Schuld.

užlo-i (adj.) der, die schuldige.

V.

Váca (m.) der Weizen.

vai (pr.) oder, denn.

vakaróva (f.) der Striegel.

vakerel (verb.) reden.

vakeriben (m.) die Rede, Ant=
wort.

valachos (m.) der Wallach.

valetiza (f.) die Magd.

valeto (m.) der Diener.

valin (f.) das Fenster, das Glas.

valinengéro (m.) der Glaser.

var (num.) mal, bišvar zweimal.

varehar (pr.) so, so.

varehavo-i (adj.) ein, ein gewisser.

varekai (pr.) irgendwo.

varekana (pr.) irgendwo.

varekatar (pr.) irgendwoher.

vareko (pr.) Jemand.

vareso (pr.) etwas.

vaš (pr.) um, für, dafür.

vaš (pr.) um, nach, hernach.

vast (m.) die Hand.

vastengére (f.) die Handschuhe.

vastengéro (m.) Handschuh=
macher.

vatro (m.) Frauenhemd.

vaver (num.) zweitens; der zweite.

vavrečander (adv.) anders.

verbiris (m.) der Tänzer.

verdangéro (m.) der Wagner.

verdo (m.) der Wagen.

verklin (m.) die Kette.

veš (m.) der Wald.

vešáli (f.) der Galgen.

vešeskeró (m.) der Jäger.

vičervel (m.) schleudern.

vičinel (verb.) rufen, schreien.

viencos (m.) der Kranz.

vičiniben (m.) das Geschrei.

vika (f.) der Ruf, das Geschrei,
der Laut.

virta (f.) das Wirthshaus.

virteskéro (m.) der Wirth.

visa (f.) die Wiese.

vlnos (m.) die Wolle.

vochnin (f.) das Fenster.

8*

vobrazos (m.) das Bild.

vóđa (f.) die Zügel.

vođengéro (m.) der Riemer.

vodi (f.) die Seele.

vri (praep.) aus.

vúdar (m.) die Thür, das Thor.

vus (m.) Flachs.

vušt (m.) die Lippe.

vuštengéro-i (adj.) der, die, von Flachs.

Z.

Žalostia (f.) der Kummer, Klage, Leid.

žamba (f.) der Frosch.

žambali (f.) ober.

žambengeri (f.) die Ente.

zasvoros (m.) den Ingwer.

zeita (f.) die Ader.

zeko-i (adj.) der, die schmale, dünne.

zeleno-i (adj.) der, die grüne.

zelo (m.) Ordnung; Ruhe.

zemblo (m.) der Monat.

zeň (m.) der Sattel.

zenengéro (m.) der Sattler.

zephani (f.) Kranz, Reif, auch Gericht, Rathstisch.

zerdapangeri (f.) die Seite.

zerdel (verb.) ziehen, reißen.

zerka (f.) das Tuch.

zerves (adv.) links.

zervo-i (adj.) der, die linke.

zervirik (adj.) linker Hand.

žet (verb.) er kömmt, er geht.

zi (m.) das Herz.

zian (m.) die Schuld.

zian (verb. imp.) schuld sein.

žida (f.) Häckerling.

zilel (verb.) schweigen.

zor (f.) die Stärke.

zoralemoskéro-i (adj.) hartmäulig.

zoraliovel (verb.) stark werden.

zoralipen (m.) die Stärke, Festigkeit.

zorálo-i (adj.) der, die starke, feste.

zumin (f.) die Suppe.

A.

Aal, der; sanja (f.) sapjengéro
  máčo.

Aas, das; murdalipen (m.)

Ab, herab; tele (pr.)

Abbeißen (verb.) danderel tele.

Abbinden (verb.) banderel tele.

Abbitten (verb.) mangel tele.

Abblühen (verb.) barnel tele.

Abbrechen (verb.) pagherel tele.

Abbruch, der; tele pagherpen (m.)

Abbecker; kušválo (m.) menákro
  (m.)

Abend, der; brevul.

Abend (adv.) prérat.

Abend, diesen Abend; kia ratiále
  (adv.)

Abendessen, das; brevuljakró
  chaben (m.)

Abendlich (adj.) brevuljákro-i,
  bravijakéro-i.

Abends (adv.) prérát.

Abendstern, der; brevuljakri
  sirna, brevuljakri develeskri
  momelin, d. i. göttliches Abend=
  licht.

Abendstunde, die; brevuljakri
  kora (f.)

Aber (part.) uva.

Aberglaube, der; biláčo phuča-
  ben, nicht guter Glaube.

Abermals (p.) papése, butidir.

Abfallen (verb.) perel tele.

Abfangen (verb.) tapervel.

Abfaulen (verb.) krniovel tele.

Abfeilen (verb.) randel tele, d. i.
  abkratzen.

Abfertigen (verb.) tradel.

Abfließen (verb.) našel tele.

Abfordern (verb.) mangel tele.

Abfragen, fragen (verb.) pučel.

Abgehen (verb.) džav tele.

Abgelegen (adv.) duro, d. i. weit.

Abgeschmackt (adj.) narbulo-i.

Abgesondert (adv.) gokeres, kor-
  keres.

Abgespannt (adj.) kiro-i, kino-i.

Abgespanntheit, die; kinopen
  (m.), kiropen (m.)

Abgott, der; denv (m.) bi čačo
  devel. (m.)

Abgrund, der; choropen (m.)

Abhacken (verb.) dav tele.

Abholen (verb.) taperel.

Abkühlen (verb.) šilalarel, šu-
drarel.

Abkürzen (verb.) tikniarel.

Abläugnen (verb.) chochavel
tele.

Ablohnen (verb.) pleiservel.

Abordnen (verb.) bičavel, d. i.
schicken.

Abort, der; ehindibnangéro.

Abputzen (verb.) košel.

Abschneiden (verb.) činel tele.

Abschnitt, der; tele činapen (m.)

Abschreiben (verb.) činel tele.

Abschrift, die; tele činapen (m.)

Abseits, apage, apega, apirik
(adv.)

Abwärts (p.) tele.

Abwischen (verb.) košel.

Achsel, die; pike (f.), unter der
Achsel tele kak.

Acht (num.) ochto.

Acht geben (verb.) del jak.

Achte (der, die) ochtoto-i.

Achtung, die; patib (f.) patiben.

Achtzig (num.) ochtovardeš, štar-
varbiš.

Aber, die; zeita (f.), rateskeri (f.)

Adler, der; bišoltilo (m.), bišotilo (m.)

Aelster, die; siehe Elster.

Aerger (adv.) holeder; ärger als
der Teufel holeder meg beng.

Aergern, sich (verb.) rušavav man.

Aermel, der; baj (f.)

Affe, der; papinori (f.)

Ahle, die (Schuster-); šivlos (m.)

Ahnen (verb.) onel.

Ähnlich (adj.) čido-i.

Albern (adj.) narbulo-i.

Alle (pron.) savori, šarc.

Allein (adverb.) gokeres, kor-
keres.

Allererst (adv.) naisigeder.

Allerwahrscheinlichst (adv.) naisigeder.

Almer, die; mohdo (m.), terduni (f.)

Als (p.) pro, meg, neg.

Alsdann (p.) dala.

Alt (adj.) puro-i.

Altenburg (n. p.) baró cholo-
vengero tem, großhosiges Land.

Alter, das; puriben (m.), purópen (m.)

Altern (alt werden) (verb.) phu-
rel.

Ältern, die; frantšoftos (m.)

Amboß, der; (f.) amonis.

Ameise, die; handja (f.), kirja (f.)

Amsel, die; dželdo, naskéro, čiriklo (m.)

Amt, das; dis (m.)

An (präp.) paš.

Anbinden (verb.) phandel.

Anbringen, das; penapen (m.)

Andenken, das; rikerpen (m.)

Andern der, die; (pron.) aver,
vaver.

Andermal (pr.) averende, vaverende.

Ändern (verb.) riservel, kerel vaver.

Anders (pr.) avričander, avričandes, vavrečander.

Anderswohin (pr.) avréte.

Androhen (verb.) pennel.

An einander (pr.) ketane.

Anerkennen (verb.) brindžerel.

Anfang (m.) ágor.

Anfeuchten (verb.) sapel.

Anfrage, die; pučapen.

Anführer, der; jekto mal, d. i. der 1. Camerad, jamerdan (m.)

Anfüllen (verb.) pardovel.

Angeber, der; bukepaskéro (m.)

Angel, die; butilša (f.) bango suv (m.)

Angelruthe, die; tizza (f.)

Angemessen (adv.) mišto.

Angenehm (adj.) láčo-i, kamlo-i, mišto-i.

Anger, der; sennelo buchlopen (m.) grüne Ort.

Angesicht, das; muj (f.)

Angezogen (adj.) urdo-i.

Angst, die; tar (f.), dar (f.), traš.

Ängstlich (adj.) tareno-i, trašduno-i.

Anklagen (verb.) bukevel, pukavel.

Ankleiden (verb.) urel.

Anmuth, die; šukerpen (m.)

Anordnen (verb.) mukavel.

Anreden (verb.) vakerel, z. B. me vakerav rajeske, ich spreche zum Herrn.

Ansässig (adj.) khereduno-i.

Anschauen (verb.) dikhel.

Anschließen (verb.) glissel.

Aufschwellen (verb.) šuvlovel.

Ansehen, das; (Ehre) patib (f.)

Ansehnlich (adj.) báro-i.

Anspannen (verb.) čivel.

Anstrengen (verb.) kerel buti, Arbeit haben ob. machen.

Anstrengung, die; buti d. i. Arbeit.

Antlitz, das; muj (f.)

Anordnen (verb.) mukel, mukavel.

Antwort, die; vakeriben (m.), penapen (m.)

Anverwandter, der; kák (m.)

Anziehen (verb.) urel.

Anzug, der; uravipen (m.), ripen (m.), uripen (m.)

Anzünden (verb.) kerel dut, Licht machen.

Apfel, der; pabai (f.), pabui (f.)

Apfelbaum, der; pabujengéro.

Apfelkuchen, der; pabajengeri markeli (f.)

Apotheke, die; trabingéro kher d. i. Wurzelhaus.

Apotheker der; trabingéro (m.)

Arbeit, die; keriben (m.), buti (f.)

Arbeiten (verb.) kerel buti.

Arbeiter, der; keribnaskéro (m.)

Arbeitshaus, das; čoró kér, butinengéro kher, thavaskro ker.

Arbeitscheu (adj.) kino-i.

Ärger, der; choli (f.)

Ärgerlich (adj.) cholinjákro-i.

Ärgern sich (verb.) chol'arel.

Arm (adj.) čoro-i.

Arm werden (verb.) čorovel.

Arm der; angali (f.) mussin, plur. mussia.

Armband das; koro (m.)

Armvoll (adv.) angali entro.

Armuth, die; čorípen (m.)

Arrest, der; stilipen, stariben (m.)

Arrestant, der; stardo, stildo (m.), phandlo (m.)

Arznei, die; trab (f.)

Arzt, der; rataskéro (m.), sastopaskéro (m.)

Asche, die; popelos (m.), čar (f.), djiplo (m.)

Athem, der; purdipen (m.), tucho.

Auch, uš, ninia.

Auf, pre, auf einmal pre jekvar.

Aufbinden (verb.) pirel, phiravel, mukel.

Aufblasen (verb.) phurdel.

Aufeinander (adv.) ketáne.

Aufgeblasen (adj.) phurdino-i, porto-i.

Aufgebunden (adj.) pirádo, piraverdo.

Aufgetrennt (adj.) putrado-i.

Aufhängen (verb.) umblavel.

Aufhören (verb.) mukel.

Aufmachen (verb.) pirel.

Aufmerksam (adj.) gandelo-i.

Aufrecht (adj.) tardo-i.

Aufrichtig (adj.) čačo-i.

Aufschauen (verb.) hlidinel.

Aufstehen (verb.) uštiel, terdovel.

Aufstoßen, das; kockaridi (plur.)

Auftrennen (verb.) phutravel.

Aufwachen (verb.) džangevel.

Aufwärter, der; valeto (m.), čapláro (m.)

Augapfel, der; dikhepaskeri phabui (f.)

Auge, ják (f.)

Augenblicklich, sik (p.)

Augenbraune, phova (pl.)

Augenlied, das; jakengéro cheb, Augendeckel.

Aus (praep.) avri, avrite, vri.

Ausdehnen (verb.) buchlovel.

Ausdehnung, die; buchlopen (m.)

Ausdünsten (verb.) thuviel avri.

Ausgehen (verb.) džel avri.

Ausgeweidet (adj.) putrádo-i.

Auskehren (verb.) šulavel.

Ausland, das; avri tem (m.)

Ausräumen (verb.) avrigedel.

Ausrede, die; vri rakerpen (f.)

Ausreiten (verb.) klissel vri.

Ausruhen (verb.) phokinarel.

Aussäen (verb.) čivel.

Aussatz, der; ger (f.)

Aussätzig (adj.) gerelo-i.

Ausschelten (verb.) čingerel.

Ausschlafen (verb.) sovel vri.

Auster, die; sereskéri skarkuni (f.)

Austrinken (verb.) avri piel.

Auswendig (adv.) vrijal.

Art, die; tover (m.)

B.

Bach, der; len (m.)

Bachstelze, die; rasibnaskéri (f.), romano čiriklo (m.)

Backe, die; čam (f.)

Backen (verb.) pekel.

Backenbart, der; čamengéro čor (m.)

Backenstreich, der; čamadini (f.)

Bäcker, der; pekaris, marengéro (m.)

Backstein, der; lólo bar, rother Stein.

Bad, das; tovapen (m.)

Baden (verb.) paderel, tovel.

Bahn, die; drom (m.), trom (m.)

Bald (adv.) páko, sik.

Ball, der; (Spiel) habanos (m.)

Ball, der; (Tanz) kelapen (m.)

Ballen, der; palšto (m.)

Balsam, der; mukapen (m.)

Band, das; párta (f.), štuška (f.), torin.

Bändigen (verb.) silel.

Bank, die; skamin (f.)

Banknote, die; parnengri (f.)

Bär, der; rič (m.)

Barbieren (verb.) murel.

Barbiermesser, das; murádi (f.)

Barfuß (adj.) nango pirengéro-i.

Bart, der; čor (m.), pahunis (f.)

Barthaar, das; čor (m.)

Bärtig (adj.) čorválo-i.

Bastard, der; baštardo (m.)

Bauch, der; per (m.)

Baude, die; hita (f.)

Bauen (verb.) kerel.

Bauer, der; gádžo (m.), Wirth, Frember.

Bäuerisch (adj.) gadžuno-i, gadžesko-i, gadžkáno-i.

Baum, der; ruk (m.), lithi (f.), bruno.

Bäumen, sich (verb.) hangoštinel.

Baumwolle, die; katuna (f.)

Bayern čivalo tem (m.)

Becher, der; pimaskri (f.)

Bedauern (verb.) litinel, keidavel.

Bedecken (verb.) džakerel, učkarel.

Bedeckung, die; džakerpen (m.)

Bedenken (verb.) rodav andro šero, suche im Kopfe.

Bedünken (verb.) pácel.

Bedürfen (verb.) hum te.

Beerdigen, Beerdigung s. begraben.

Beere, die; morin (f.), porik (f.)

Befehl, der; penapen (m.)

Befehlen (verb.) penel, perel.

Befehlshaber, der; jamerdan (m.)

Befeuchten (verb.) sapel, sapniarel.

Begegnen (verb.) taperel, talienel, talienavel.

Begehren (verb.) kamel.

Begierde, die; kamapen (m.)

Beglückt (adj.) bachtálo-i.

Begnadigen (verb.) prošerel.

Begnadigung, die; prošerpen(m.)

Begraben (verb.) perovel, paronel, paskirvel.

Begräbniß, das; paskirpen (m.)

Begrüßen (verb.) parkevel.

Behalten (verb.) rikirel.

Behältniß, das; mohdo (m.)

Behauptung, die; penapen (m.)

Behexen (verb.) čovachovel.

Behext (adj.) čovachodo-i.

Behüten (verb.) rákel.

Bei (praep.) paš.

Beichte, die; bukavípen.

Beide (num.) so dui.

Beifall, der; kamapen (m.)

Beil, das; tover (m.)

Beilstiel, der; desto (m.)

Bein, das; kokalis (f.)

Beinhaus, das; kokalengeri (f.)

Beinkleid, das; choloba (f.), cholova (f.)

Beißen (verb.) danderel, pharovel, pharovavel.

Bekannt (adj.) prindžardo-i.

Bekanntschaft, die; prindžerpen (m.)

Bekenntniß, das; bukepen (m.), phukapen (m.)

Beklagen (verb.) keidel.

Bekommen (verb.) delel, delamel.

Beliebt (adj.) kamló-i.

Belohnen (verb,) pleiservel.

Belohnung, die; pleiserdum (m.), pleiserpen (m.)

Bellen (verb.) bášel.

Benannt (adj.) kardo-i.

Benetzen (verb.) sapniarel.

Bequemlichkeit, die; krniopen (m.)

Bereichern (verb.) barvalárel.

Berg, der; bergos (m.), domba (f.), chár (m.), bar.

Beritten (adj.) klisdo-i, pro grái.

Bersten (m.) pharavel.

Beschmutzen (verb.) melárel.

Beschweren, sich (verb.) stežinel.

Besen, der; šulavibnaskéri (f.)

Besser (comp.) feder.

Beständig (adv.) hafurt.

Besuchen (verb.) naštivinel.

Beten (verb.) mangel, priserel, travernel.

Betrinken (verb.) matiel.

Betrügen (verb.) chochavel.

Betrunken (adv.) matiles.

Betrunkene (adj.) mato-i, denilo-i.

Bett, das; čipen (m.), pernica (f.)

Betteln (verb.) mangel.

Bettler, der; mangibnaskéro (m.)

Bettlerin, die; mangibnaskeri (f.)

Beule, die; buko (m.)

Beutel, der; gono (m.)

Bevor (pr.) sikider, sikeder.

Bewahren (verb.) rákel, arakável.

Beweinen (verb.) rol'árel.

Bewillkommen (verb.) proservel.

Bewohnen (verb.) arakel, áčel.

Bei (prop.) kio.

Beide (num.) so dui.

Bezahlen (verb.) pocinel, pleiservel.

Bezahlung, die; pociniben (m.), pleiserpen (m.), pleiserdum (m.)

Bezaubern (verb.) čovachovel.

Bezwingen (verb.) silevel.

Bibel, die; develeskéro libro.

Biegen (verb.) banderel, pangervel.

Biene, die; pareni (f.), pirlin (f.)

Bild, das; vobrázos (m.)

Bier, das; lovina (f.)

Bierbrauer, der; lovineskéro (m.)

Binde, die; torin (f.), phanderpen (m.)

Binden (verb.) phandel, bandel.

Binse, die; rišo (m.)

Birke, die; parno ruk (m.) weiße Baum.

Birne, die; brol (f.), ambrol (f.)

Bis, aš, čin (conj.)

Bis (Bedeutung wenn) poske (pr.)

Biß, der; danderpen (m.)

Bissig (adj.) danderpaskéro-i.

Bitte, die; mangipen (m.)

Bitten (verb.) mangel.

Bitter (adj.) kirko-i, dirko-i, gorko-i, krko-i.

Bittschrift, die; mangamaskéro lil (m.), mangibnaskéro lil (m.)

Blasbalg, der; pišot (m.)

Blase, die; phukni (f.), pusinka (f.)

Blasen (verb.) phurdel, portavel.

Blatt, das; paitrin (f.)

Blatter, die; pottingo (m.)

Blau (adj.) blavádo-i.

Blau (adv.) blavitke.

Blech, das; parno saster, sano (dünnes) saster.

Blei, das; blaja (f.), arčič (m.), molivo (m.)

Bleiben (verb.) avel, ačavel, ačel.

Bleistift, der; kaštuno por (m.)

Blick, der; jak (m.)

Blind (adj.) kóro-i.

Blindheit, die; koripen, koropen.

Blitz, der; bleskos (m.), develeskri ják Gottesfeuer.

Bloß 1) nackt, s. dieses; 2) nur; čak.

Bloßfüssig pernango-i.

Blume, die; sungamaskri (f.), sostel (f.)

Blut, das; rat (m.)

Bluten (verb.) ratvárel.

Blutig (adj.) ratválo-i, ratis-kro-i.

Bock, der; pokos (m.) pučum (m.)

Boden, der (der Grund und Boden); pošik (m.)

Böhme, der; lalóro (m.)

Böhmisch (adj.) láloro-i.

Bohne, die; bobo (m.) fatčava.

Bohrer, der; čingerdo (m.) ri-serpaskéro (m.)

Borg, der; gunčerpen (m.)

Borgen (verb.) gunčerel d. i. ich warte (auf Zahlung), pacel.

Börse, die; gissik (m.)

Böse (adj.) erio-i, mižech, bi-lačo-i.

Böse (adv.) mižech.

Böse machen machol'árel.

Bösewicht, der; midžepaskéro (m.)

Bote, der; gadžo (m.), piren-géro (m.)

Bosheit, die; midšopen (m.), mižechčipen.

Bottich, der; turdli (f.)

Bouteille, die; tušni (f.)

Brand, der; jak (f.)

Branntwein, der; bravinta (f.) thardi mol (f.), chačerdi (f.)

Branntweinbrenner, der; chačer-dipaskéro (m.)

Braten (verb.) pekel; gebraten, peko-i.

Braten, der; pekiben (m.)

Bratröhre, die; pekibňaskéri (f.)

Brauchbar (adj.) mišto-i.

Brauer, der; lovineskéro (m.)

Braun (adj.) lolo-i.

Braunschweig, grajeskéro tem, d. i. Pferdeland.

Braut, die; pireni (f.), biavaske-rica, piaviskrica, buri (f.)

Bräutigam, der; pireno (m.), bia-vaskéro, buro (m.)

Brav (adj.) bravo-i.

Brechen (verb.) pakerel, bakerel.

Brei, der; kurmin (f.), biblo (m.)

Breit (adj.) buchlo-i.

Breite, die; buchlipen (m.)

Brennen (verb.) chačel, chasel, chačarel, bakel, purel, tha-bovel, tharel.

Brett, das; pál (plur.), paja (f.), pui (f.)

Brief, der; činipen (m.) ,lil (f.)

Brille, die; nakeskéri valin.

Bringen (verb.) anel, telel.

Brod, das; máro, manrú, malum (m.)

Brodkrume, die; chumer (m.), chrovach (m.)

Bröckeln (verb.) churdiarel.

Bruch, der; phagerpen (m.)

Brücke, die; phurdi (f.), phurd (m.), port (m.)

Bruder, der; phrál (m.) du Bruder! more !

Brühe, die; sumin (f.)

Brunn, der; cháni (f.), guva (f.)

Brunnkresse, die; čučuli (f.)

Brust, die; beč (m.), kolin (f.), brek (m.)

Buch, das; bucha (f.), libro (m.)

Buche, die; románo ruk (wörtl. Zig.-Baum.)

Buchhändler, der; librengéro (m.)

Büchse, die; mohdo (m.)

Büchsensack, der; gono (m.)

Buchtel, die; bokoli (f.)

Bulgare, der; ďás.

Bulgarin, die; ďásni.

Bulgarisch, (adj.) dásikano-i.

Bund, der; bundi.

Bündniß, das; torin (f.)

Burg, die; dis, felicin.

Bürgermeister, der; pesoperes-kéro (m.)

Bürste, die; kartačis (m.), banduk (m.)

Bursche, der; ráklo (m.)

Busch, der (das Gebüsch); pore (m.)

Büschel, der; bundi (f.)

Buschen, der; bundi (f.)

Busen, der; palo brek (m. u. f.)

Büttel, der; podeskéro (m.)

Butter, die; thil, kil (m.)

Butterfaß, das; thileskéri (f.)

Buttermilch, die; thud (m.)

D.

Da (pr.) akai.

Dabei (pr.) paš.

Dach, das; tácha (f.)

Dafür, vaš.

Daher (adv.) odoleske, odoleha.

Dahin (adv.) agote.

Damals (adv.) doska, doša.

Damit (adv.) kai, tena.

Dampf, der; thuv (m.)

Daneben (pr.) paš.

Dank, der; parkérpen (m.)

Dankbar (adj.) parkerpaskéro-i.

Dankbarkeit, die; parkerpen (m.)

Danken (verb.) parikherel; parkherel.

Dann (adv.) dave.

Dannach (pr.) pal.

Darauf (pr.) pre, pol, palot.

Daraus (pr.) avri.

Darein (pr.) trin, atrin.

Darleihen (verb.) guntšerel.

Darm, der; pora.

Darüber, (pr.) prál, pardál.

Darum (part.) odoleske.

Daß (part.) kai, ke, te.

Dauern (verb.) rikhirel, keidovel.

Daum, der; gazdo (m.), dumuk (m.)

Davon (pr.) okia, okla, krik.

Davor (pr.) glan.

Decke, die; perint (m.), džakerpen (m.)

Deckel, der; chib (m.)

Decken (verb.) učkarel.

Dein, deine, tro, tri.

Demüthig (adj.) gandolo-i, ge=
horfam.

Denken (verb.) denkel, denkirel; pačel; leperel, leperdel.

Denn (pr.) kai, diť, vai.

Der (artic.) oda, kova (f.)

Desgleichen nina, niňa.

Deßhalb (p.) odolesko.

Deutsch gadžganes, sasitkes
(adv.)

Deutsche, der, die; (adj.) sassos-i,
gadžgános-i, němcos.

Dich (pron.) tut tu, tute.

Die (art.) e, oda.

Dick (adj.) thulo-i, peso-i.

Dieb, der; čór (m.)

Diebin, die; čoriza.

Diebisch (adj.) čoreskéro-i, čo-
rikáno-i, (adv.) čoral.

Diebstahl, der; čoripen (m.)

Dienen (verb.) andri dinstel.

Diener, der; lokais (m.), plei-
skerdo (m.), diro (m.), valeto
(m.)

Dienerin, die, diri (f.)

Dienstag, der; auterkos (m.),
trint divo.

Dienstmagd, die; rákli (f.)

Dieser (diese) (pron.) ada, adava,
akada(adi, adavi, akadi), odo-i.

Ding, das; kova (f.), marha (f.),
peda (f.)

Dinte, die; kálo (m.)

Dir (pron.) tut, von dir: tutar.

Doch (adv.) preco. (m.)

Dohle, die; korákos (m.)

Donner, der; četogáš (m.)

Donnern (verb.) hrminel.

Donnerstag, der; čtvrtkos (m.).
pančto-dives (m.)

Donnerwetter hrmišagoš (m.)

Dorf, das; gáv (m.), gab (m.)

Dorn, der; karro (m.), káro (m.)

Dornig (adj.) kareskéro-i.

Dort (adv.) odoi, okodoi, agote.

Dose, die; šungibnaskéri (f.),
mohdo (m.)

Draht, der; tav (m.), sastruno
tav.

Drehen (verb.) riservel.

Drei (num.) trin.

Dreieckig (adj.) trinbuchlen-
géro-i.

Dreimal (Zahlw.) trivar.

Dreißig (Zahlw.) trianda.

Dreitägig (adj.) trito divesuno-i.

Drei und zwanzig (num.) bište-
trin.

Dritte (Zahlw.) trito-i.

Drittheil, der; trinkopi (m.)

Drohen (verb.) hrozinel, čingerel, preterel, pretervel.

Drohung, die; čingerpen (m.)
pretérpen (m.)

Drossel, die; kriva (f.)

Drosseln (ver.) tassel.

Drücken (verb.) juminel, kendel.

Drunter u. drüber (part.) te tal,
te prál.

Du tu, tute (pron.)

Duft, der; sung (m.)

Dukaten, der; sovnakai (m.), je-
sonikai (m.)

Dulden (verb.) trpinel.

Dumm (adj.) dilino-i, dumm
(adv.) dilines.

Dummheit, die; dilinopen (m.)

Dünger, der; fúl (m.), gosno (m.)

Dunkel (adj.) tamlo-i.

Dunkelheit, die; tamlopen (m.)

Dünn (adj.) sano-i, sido-i, zeko-i; dünn (adv.) sanes.

Durch (präp.) prekal, maškar.

Durchfall, der; bugchinipen.

Durchsichtig(adj.) dikapaskéro-i.

Dürfen (verb.) tromel, sasti
(verb. imp.)

Dürr (adj.) šuko-i, dürr (adv.)
šukes.

Dürre, die; šukipen (m.)

Durst, der; trušilo (m.)

Dürsten (verb.) trušel.

Dutzend,das; deš-dui, d. i. zwölf.

E.

Eben (adv.) akana.

Ebene, die; buchlopen (m.)

Ecke, die; gunč (m.), buchlo (m.)

Eckig (adj.) rohato-i, buklen-
gero-i.

Edel (adj.) čačo-i.

Edelmann, der; raj (m.), áraj,
rai.

Eheweib,das; romni (f.), gast (f.)

Eher (adv.) sikeder.

Ehre, die; patib, patin, patíben
(m.)

Ehrerbietig (adj.) gandelo-i, pa-
tuviakro-i.

Ehrgeizig (adj.) vejando-i.

Ehrlich (adj.) bravo-i, pativálo·i,
ehrlich(adv.) braves, pativáles.

Ei, das; járo (m.), antrú, aáro.

Eiche, die; buráno, sorelo ruk,
starker Baum.

Eichhörnchen, das; veveriza (f.)

Eichkatze, die; veveriza (f.)

Eid, der; sovel (m.)

Eidam, der; džamutro (m.), čakrorum (m.)

Eidechse, die; kokerdálo (m.),
lisarda (f.), sapli (f.)

Eifern (eifersüchtig sein) sumevel.

Eifersucht, die; sumepen (m.)

Eifersüchtig (adj.) summepas-
kéro-i.

Eifersüchtig sein (verb.) sum-
merel.

Eigen (adj.) čačovo-i.

Eile, die; našapeskéro.

Eilen (verb.) sidiovel, našel,
prastel.

Eilf (num.) dešujek.

Ein (Zahlw.) jek.

Ein= (part.) tre, atren, z. B. ein=
fallen.

Einäugig (adj.) jekatalo-i.

Eingeschlossen (adj.) phandlo-i.

Eingeweide, das; buke (f.)

Einheimisch (adj.) kheretuno-i.

Einmachen (verb.) ušanel.

Einmal jekvar, auf — pre jek-
vár.

Einsam (adj.) korkoro-i.

Einschänken (verb.) čivel, čivável.

Einspannen (verb.) spandervel,
čivel tre.

Einsperren (verb.) phandel, sti-
lel, stilável.

Einst (adv.) ráha.

Einstecken (verb.) thodel.

Ein und zwanzig (3w.) bištejek.

Eis, das: kriga (f.), págo (m.),
pagi (f.), saster (m.)

Eisen, das; saster (m.)

Eisen, Schließeisen, die; bikovi
(m. plur)

Eisenarbeiter, der; sasterengéro.
(m.)

Eisenbahn, die; sastereskéro
drom (m.)

Eisern (adj.) sastereskéro-i, sasterno-i, sastruno-i.

Eisig (adj.) sasterno-i.

Eiszapfen, der; morešo (m.)

Elefant, der; nakeskéro báro (m.)

Elf s. eilf.

Elfenbein, das; parno kokálo.

Elle, die; kuni (f.)

Elster, die; čingerpaskéro čiri-
riklo, gasera (f.)

Empfinden (verb.) heivel.

Emporblicken (vrb.) dikhel pral.

Emsig (adj.) sikelo-i.

Ende, das; ágor (m.), zu Ende
kio ágor.

Enge (adj.) tikno-i.

Enkel, der; niukos (m.)

Ente, die; žambengéri (f.), retsa
(f.)

Entfernt (adj.) duro-i.

Entscheiden (verb.) penel, phenel.

Entscheidung, die; penápen (m.)

Entschlossen (adj.) rišo-i.

Entweder (part.) ani- ani.

Er (pron.) jov, job.

Erbosen (verb. act.) macholárel.

Erbse, die; hrihil, chrichil, hat
keine einfache Zahl.

Erdäpfel, die; phuviengeri (f.),
matrelli (f.)

Erdbeere, die; puviakri morin
(f.)

Erde, die; phuv (f.) u. (m.)

Erdig (adj.) phuveskéro-i.

Erfrieren (verb.) fadinel.

Erfroren (part. adj.) fadindo-i,
fadino-i.

Ergreifen (verb.) tepervel.

Erinnern, sich (verb.) leperdel.

Erkennbar (adj.) brindžerdo-i.

Erkennen (verb.) brindžervel.

Erlauben (verb.) proservel, mukavel.

Erlaubniß, die; proserpen (m.)

Erlaubt, muklo-i.

Erlernen, lernen (verb.) siklarel.

Ermel, der; baj (f.)

Ernähren (verb.) džidarel.

Errathen (verb.) talinel.

Erschrecken (verb.) dardiomel, tarel.

Erschrocken (adj.) tareno-i

Erstarken (verb.) zoraliovel.

Ersticken (verb.) tasanel.

Ertrinken (verb.) taslóvel.

Erwachen (verb.) uštiel.

Erwärmen (verb.) tatiarel.

Erwarten (verb.) gunčerel.

Erweichen (verb. act.) kovlarel.

Erwürgen (verb.) tasanel.

Erzählung, die; paramisa (f.)

Erzürnen (verb.) chol'arável, rušel, macholárel, rušarel.

Erzürnt (adject.) chol'ardo-i, rušto-i.

Es (pron.) odova.

Esel, der; eslos (m.), purika (f.), kher (m.)

Essen (verb.) chavel, zusammengezogen chal.

Essen, das; (Speisen) chaben (m.)

Essenkehrer, der; kalo (m.)

Essig, der; šut (m.)

Etwas (pr.) vareso.

Euch (pron.) tumenge, tumen.

Euer, euere (pron.) tumaro-i.

Eule, die; čuvika (f.), ratjakro čiriklo.

Euter, das; pomp (m.)

Ewig (adv.) čivaster.

Ey, das; járo (m.), antru (m.)

Eydechse, die; sápli (f.), gokrdálo (m.), lisarda (f.)

F.

Faden, der; thav (f.), tav.

Fahne, die; bladapaskéri (f.)

Fangen (verb.) chudinel.

Fahren (verb.) faruvel, ulovel.

Falle, die; peramaskri (f.)

Fallen (verb.) perel, (perf.) pelom, gefallen pélo-i.

Familie, die; bero (m.)

Fang, der; taperpen (m.)

Fangen (verb.) chudel, chudinel, tapervel.

Farbe, die; šin (f.), gate (f.)

Farrenkraut, das; misuri (f.)

Fasan, der; bažantos (m.)

Faß, das; fassa (f.), brádi (f.), turdli (f.)

Faßbinder, der; bradengéro (m.), turdlengéro (m.)

Fassen (verb.) tapervel.

Faul, verfault (adj.) krno-i.

Faulen (verb.) krniovel.

Fäulniß, die; krňovipen.

Faust, die; dumuk (m.)

Fechten (verb.) kurel.

Feder, die; por (m.)

Federbett, das; čibnaskeri (f.), pernizza (f.)

Fegen (verb.) šulavel.

9

Fehler, der; doš (m.)

Fehlerhaft (adj.) došválo-i.

Feile, die; sastereskéri randapaskeri (f.), jerno (m.)

Fein (adj.) sido-i.

Feind, der; npritelos (m.)

Feld, das; feldi (f.), tem, akra (f.)

Fels, der; bár (m.)

Fenster, das; valin (f.), vochni (f.)

Ferne, die; duropen (m.)

Ferse, die; patúna (f.), kur (m.)

Fertig (adj.) gunč.

Fest (adj.) zorálo-i.

Festigkeit, die; zoralipen (m.)

Fett, das; čiken (m.)

Fett (adj.) thulo-i, peso-i.

Feucht (adj.) sapáno-i, sapuno-i.

Feuer, das; jak (m.)

Feuergewehr fisika (f.), peribnaskéri (f.)

Feurig (adj.) jakjákro-i.

Feeurschwamm, der; chuchur (m.)

Feyertag, der; kurko (m.), božit (m.), patrádi (f.)

Fieber, das; šiláli (f.)

Finden (verb.) hácel, hadzinel, rákel.

Finger, der; angušto (m.), gušto (m.)

Fingerhut, der; suvmaskri (f.), sivibnaskéro (m.)

Fingernagel, der; naja (f.), naj (m.)

Finster (adj.) tamlo-i.

Finsterniß, die; tamlópen (m.)

Fisch, der; mačo (m.), mači.

Fischen (verb.) mačinel.

Fischer, der; mačeskéro (m.)

Flachs, der; vuš (m.), vušt (m.), stopin (f.)

Flasche, die; tušni (f.)

Flechten (verb.) surevel, kuvel.

Fleck, der; helos (m.), stello (m.)

Fleisch, das; mas (m.), kariálo (m.)

Fleischhauer, der; masengéro (m.), karialeskéro (m.)

Fleischig (adj.) maselo-i.

Fleißig (adj.) sikelo-i.

Fliege, die; máti (f.), makia (f.)

Fliegen (verb.) letinel, fligevel.

Fliegenschwamm, der; sapuno chuchur (m.)

Fließen (verb.) tadovel.

Flinte, die; peribnaskéri (f.), fisika (f.)

Floh, der; pušum (m.)

Fluch, der; košiben (m.), čingerpen (m.)

Fluchen (verb.) košel.

Flügel, der; phák (m.), phakni (f.)

Fluß, der; len (f.), pánin (f.)

Folgend (adj.) páro-i.

Folglich (adv.) pares.

Forschung, die; rodípen.

Forschen (verb.) rodel.

Forst, der; porr (m.)

Förster, der; porreskéro (m.)

Fort (adv.) krik, okia.

Frage, die; phučiben (m.)

Fragen (verb.) phučel.

Frankreich valštiko tem (m.)

Franzose, der; valštiko (m.)

Frau, die; ráni (f.), romni (f.)

Frauenhemd, das; vatro (m.)

Frei (adj.) muklo-i, piro-i.

Freiheit, die; pirópen (m.)

Fremd (adj.) perint (m.), avro-skero-i.

Fremd avreskeres (adv.)

Fremde, die (das Ausland); avri tem.

Freude, die; freida (f.), radostia (f.)

Freudig (adv.) freida.

Freuen sich (verb.) freidel.

Freund, der; národos (m.), kako (m.)

Freundlich (adj.) parnavo-i.

Freundschaft, die; parnavipen, frančoftos (m.)

Frevel, der; grecho (m.)

Freitag, der; parastiovin (m.), parastiovin jekto.

Friede, der; pokoni (f.)

Friedfertig (adj.) pokono-i.

Frieren (verb.) šilevel, pahonel.

Frisch (adj.) rišo-i.

Frist, die; dsiro (m.)

Fromm (adj.) lačo-i, švendo-i.

Frömmigkeit, die; švendopen Heiligkeit (m.)

Frosch, der; žamba (f.), bater (m.), džamba (f.)

Frost, der; te dinel i. e. das Frieren.

Frucht, die; rukjengero (m.), Baumbing.

Früh (adv.) deisrila, d. i. deisa u. rila, feicrile.

Früher (adv.) avgoder.

Frühjahr, das; pro linaj (m.), nijal.

Fuchs, der; foreska (f.), liška (f.)

Fühlen (verb.) heivel.

Führen (verb.) anel, bičel, ličel.

Fuhrmann, der; čupningéro (m.), formanos.

Füllen, das; kuro (m.)

Füllen (verb.) pardovel.

Fünf (num.) panč.

Fünfhundert (num.) pašel.

Fünfzig (num.) dešvar panč, panč var deš, panč deša, paš šel.

Für (präp.) vaš; wird auch durch den Dativ eigenthümlich ausgedrückt.

Furcht, die; dar (f.), traš (m.)

Fürchten (verb.) darel, tarel, daravel, trašavel.

Furchtlos (adj.) bidarakéro.

Furchtsam (adj.) trašduno-i.

Fürtuch, das; leketova (f.)

Fuß, der; pro (m.), cher (f.), her (f.), piro, zu Fuß peso.

Fußboden, der; pála (f.)

Fußgänger, der; pašapeskéro (m.)

Fußsohle, die; pata (f), patuna (f.)

Fußsteig, der; stiga (f.), chodnikos (m.)

Fuß, zu; (adv.) pešo-i.

G.

Gabe, die; davapen (m.)
Gabel, die; posádi (f.)
Gähnen (verb.) hamzinel.
Gähnen, das; hamzinaben (m.)
Gais, die; puzni (f.), buzni (f.)
Galgen, der; vešali (f.) manušvari (f.)
Galle, die; chólin (f.)
Gallig (adj.) cholinjákro-i.
Gans, die; papin (f.), muri (f.)
Gänserich, der; gunaris (m.)
Ganz (adj.) gansko-i, celo-i, perdo-i.
Gar (plur.) dit, gar leicht, dit mindiar.
Garbe, die; bando (m.), gib (m.)
Gärber, der; mortengéro (m.)
Garstig (adj.) džungálo-i, bišuker.
Garten, der; bár (m.), buštan (m.)
Gärtner, der; bareskéro (m.)
Gast, der; hostos (m.), chamaskro mal (m.)
Gastwirth, der; virtaskéro (m.)
Gaumen, der; talubos (m.)
Gebacken (adj.) peko-i.
Gebären (verb.) lotilel.
Gebe (imp.) de.
Geben (verb.) del, davel, tovel, thovel, nicht — nadavel.
Gebet (das) priserpen.
Gebetbuch, das; mangibnaskéri (f.), prisermaskéri (f.)

Gebiß, das; canečkos (m.)
Gebissen (adj.) danderdo-i.
Gebrochen (adj.) phagerdo-i.
Gebunden (adj.) phandlo-i, zorálo-i.
Gebüsch, das; porr (m.)
Gedächtniß, das; rikerpen (m.), rikervela (f.)
Gebärm, das; pora (plur.)
Gedenken (verb.) leperel.
Gebuld, die; pokonopen (m.)
Gefahr, die; doš (mišekepen).
Gefährlich (adj.) došválo-i.
Gefährte, der; mal (m.), mor(m.)
Gefallen (verb.) freidel.
Gefallen (adj.) pelo-i.
Gefangen (adj.) chudino-i, stildo-i, phandlo-i.
Gefängniß, das; staripen (m.)
Geflecht, das; surepen (f.)
Gefäß, das; brádi.
Geflügel, das; kahnia (plur.)
Gegenüber (adv.) mamuj.
Gegenwärtig (adv.) akai.
Gehe (imp.) džia.
Geheim (adv.) čorochanes.
Gehen (verb.) džiel, pirel, džiavel.
Gehirn, das; godi (f.)
Gehölz, das; porr (m.)
Gehörnt (adj.) rohato-i.
Geige, die; hegeduva (f.), bašadia (f.), bašavipnengeri (f.), šetra (f.)

Geiz, der; bokalipen (m.)

Gelb (adj.) džalo-i; džilto-i.

Geld, das; lovo (m. u. f.)

Geldlos bilovengéro.

Geldstück, das; love (plur.)

Gelehrt (adj.) gožvaro-i (adv.) godiáver.

Geliebt (adj.) kamlo-i, kamerdo-i, piráno-i.

Geist, der; Gespenst mulo (m.)

Geizig (adj.) bokálo-i.

Gekocht (adj.) tádo-i, thado-i.

Gelb (adj.) džálo, džilto-i.

Gelehrt (adj.) sikerdo-i.

Gemeinde, die; laleri (f.) d. i. stumme.

Gemüse, das; šach (f.)

Genesen (verb.) sastovel.

Gensd'arme, der; šeleskéro (m.)

Genug (adv.) but, doha.

Gerade (adj.) tardo-i geradeaus, geradezu rovnonis.

Geräth, das; peda (f.)

Gerechtigkeit, die, čačipen (m.) die Wahrheit.

Gering (adj.) churdo-i, lako-i.

Gern (adv.) kameles.

Gerste, die; jarpos (m.)

Geruch, der; sung (m.)

Geschehen (verb.) šegel, es geschieht pes šegel, pes šegol es geschah.

Geschlafen (adj.) suto-i.

Geschlecht, das; kák (m.)

Geschluckt (adj.) nakadjardo-i.

Geschossen (adj.) kariedino-i.

Geschrei, das; vika (f.), vičiniben (m.)

Geschwätz, das; rakerpen (m.)

Geschwind (adv.) sik, sehr — sikóro.

Geschwollen (adj.) šuvlo-i.

Geschwulst, die; šuvlipen (m.)

Gesellschaft, die; malopen (m.), kák (m.)

Gesetz, das; penapen (m.)

Gesicht, das; čam (f.), muj.

Gespenst, das; muli (f.)

Gespinst, das: lisperpen, fliserpen (m.)

Gespräch, das; rakerpen (m.)

Geständniß, das; bukavípen, bukepen.

Gestehen (verb.) phukel.

Gestern (adv.) teisa.

Gesträuch, das; bura (f. plur.)

Gestrüpp, das; bura (f. plur.)

Gesund (adj.) sasto-i.

Gesundheit, die; sastipen (m.)

Gevatter, der; kirvo (m.)

Gewachsen (adj.) bardo-i.

Gewehr, das; fisika (f.), pheribnaskeri (f.)

Geweißt (adj.) parnardo-i.

Gewicht, das; phariben (m.), barípen.

Gewisser, einer; (adj.) varhavo-i.

Gezogen (adj.) terderdo-i, terdo-i.

Gezwungen (adj.) terderdo-i.

Gib (imp. v. verb. geben) de.

Gift, das; sor, zor (m.), dzor.

Gitter, das; saster (m.)

Glas, das; glasá (f.), cáklo (m.), Fenstertafel valin glasatar.

Glaser, der; chevengéro (m.), caklengéro (m.), valinengéro (m.)

Glaube, der; pačapen, patiapen (m.)

Glauben (verb.) patiel, pačel.

Glauben, der; počápen (m.), patiápen.

Glaubwürdig (adj.) pativálo-i.

Gleich, sogleich; (adv.) mindiar, gana.

Glocke, die; harangos (m.)

Glück, das; bacht (f.)

Glücklich (adj.) bachtálo-i.

Glücklich (adv.) bachtáles.

Gnade, die; prošerpen (m.)

Götze, der; deuv (m.)

Gold, das; sovnakaj (m.), jesonikaj (m.)

Golden (adj.) somnakuno-i.

Goldschmied, der; sovnakaskéro (m.)

Gönnen (verb.) pršeinel.

Gott, devel (m.)

Göttlich (adj.) develeskéro-i, develekuno-i.

Grab, das; govel, govr (m.), handako (m.)

Graben (verb.) kopinel.

Gram, der; žalostia (f.)

Gränze, die; s. Grenze.

Gras, das; čár (f.)

Gräthe, die; kéro (m.)

Grau (adj.) suro-i, paškálo-i, sivo-i.

Graupe, die; foli (f.)

Greifen (verb.) tapervel.

Grenze, die; funtanerga (f.)

Grieche, Griechin, der, die; Balamo, Balami, balamono-i.

Griechisch balamanes.

Griff, der; taperpen (m.)

Grille, die; develeskro grai (m.), b. i. Gottes Pferd.

Groschen, der; gerassis (m.), bemo (m.), banko (m.)

Groß (adj.) baro-i.

Groß (adv.) bares.

Großmutter, die; mami (f.)

Großvater, der; pápo, papus (m.)

Größte, der, die; naybáreder.

Grummet, das; kas (m.)

Grün (adj.) zeleno-i, seleno-i.

Grund, der (Boden) pošik, phuv.

Gukuk siehe Kukuk.

Guitarre, die; bajandi (f.)

Gulden, der; lokin (f.), rimtskos (m.)

Gurke, die; boborka (f.)

Gurte, die; práti (f.)

Gut (adj.) láčo-i.

Gut (adv.) láčes.

Güte, die; lačipen (m.)

H.

Haar, das; bál (m.), dzár (f.), zár, car.

Haarig (adj.) dzarálo-i, ballengéro-i.

Haarig (adv.) dzaráles.

Haarlos (adj.) bibalengéro.

Hase, der; šošoj (m.), chevro (m.)

Haben (verb.) man hi, d. i. mir ist.

Haber, der; džov (m.), džob (m.)

Hacke, die; tover (m.)

Häckerling, das; haklá (f.), žida (f.), churdin (f.)

Hafer, der; siehe Haber.

Hahn, der; bašno (m.)

Halb (adv.) paš, jepaš.

Hälfte, die; pašipen, auch paš (m.)

Halfter, die; voida (f.), savari (f.)

Hallein (Ort) londoforos.

Hals, der; men (f.)

Hals-, menakro-i.

Halten, dauern (verb.) rikhirel, rikervel, perikirel.

Hammer, der; sviri (f.)

Hand, die; vast (m. u. f.)

Handeisen, die; sastera (plur.)

Handeln, kaufen (verb.) pharuvel, bikanel.

Händler, Kaufmann, der; hipnengéro (m.), pharapaskéro (m.)

Handschuh, der; vastengere (m.) kestiuva (plur.)

Handvoll, ein; burnek (f.), vast pardo.

Hängen (verb.) umlel, bladel.

Harfe, die; harfos (m.)

Härmen (verb.) tarel, keidel.

Harmonika, die; trdapaskéri, pašemaskri (f.)

Hart (adj.) zorelo-i.

Hartherzig (adj.) zorelo, dsiskero-i.

Hartmäulig (adj.) zorelo, moskéro-i.

Haselnuß, die; agor (m.), kor (m.)

Haß, der; midšepen (m.)

Haube, die; bunela (f.), hugo (m.)

Hauch, der; tucho (m.)

Haue, die; keribnaskéri (f.), tover (m.)

Haus, das; kér (m.)

Haut, die; morti (f.), cipa (f.)

Heben (verb.) hadel.

Heilen (verb.) sastárel.

Heilig (adj.) dulo-i, švendo-i.

Heimatlich (adj.) khereduno-i.

Heimat, die; kheredunia (f.)

Heimlich (adv.) polokoros.

Heiraten (verb.) romniatel.

Heiß (adj.) kerádo-i, thardo-i, táto-i.

Heißen (verb.) 1. (= nennen) karel, kharel; 2. (= befehlen) penel, perel.

Helfen (verb.) hilderel, helfirel.

Helfer, der; hilderpaskéro (m.)

Hell (adv.) tut.

Helle, die; tutopen (m.)

Helm, der; sasterni stadin eiserne Hut.

Hemd, das; gád (m.); Frauen= vatro.

Henkel, der; kan (m.)

Henne, die; gahni, káhni (f.)

Hengst, der; kuro (m.), grast (m.)

Henker, der; menákro (m.)

Her, hierher; (adv.) adai.

Heraus (adv.) vri, avri.

Herausgehen (verb.) niklavel.

Herberge, die; lodipen (m.)

Herbst, der; pro jevent (m.)

Hering, der; londo máčo (m.), salamento (m.)

Hernach (pr.) pale.

Herr, der; rái (m.)

Herrschaft, die; them (m.)

Herrschaftlich (adj.) raikáno-i.

Herum (adv.) pašal, trujal.

Hervorgehen (verb.) niklavel.

Herz, das; vodi (f.), dsi (f.), jilo (m.)

Herzlich (adj.) dsiskéro-i.

Heu, das; khas (m.)

Heucheln (verb.) chochevel.

Heuer (adv.) adalinai.

Heurig (adj.) adadivesuno-i, adalinesuno-i.

Heute (adv.) deisa, ada, dives, ada dives.

Heutig adadivesuno-i.

Hexe, die; čovacháni (f.)

Hexen (verb.) čovachóvel.

Hexenmeister, čovacháno (m.)

Heymath, die; khereduni (f.)

Heyrathen (verb.) romniatável.

Hiedurch (präp.) adatar.

Hier (adv.) adai, akadai, adarde.

Hierauf (pron.) pálal.

Hieher (adv.) gater.

Himmel, der; niebos (m.), nebos, čeros (m.), polopen (m.), bolipen.

Hin und her adai thedai.

Hinaus (pr.) avri, vri.

Hinein (pr.) tre, trin.

Hinken (verb.) langel, langavel, bangavel.

Hinkend (adj.) lango-i, bango-i.

Hinlänglich (adv.) doha.

Hinten (adv.) balal, palal, palo.

Hinter (präp.) pálo, palduno-i.

Hinüber (adv.) perdal.

Hinweg (adv.) krik.

Hirn, das; godi (f.)

Hirnlos (adj.) bigodiakro-i.

Hirsch, der; jelenos (m.), sarvo (m.), servo (m.)

Hirse, die; kurmin (f.)

Hirt, der; beršero (m.), bakrovengéro (m.) Schafhirt.

Hitze, die; tatopen (m.), thardopen (m.)

Hitzig (adj.) rišo-i.

Hoch (adj.) učo-i, báro-i.

Hoch (adv.) učes.

Hochachten (verb.) dav patib.

Hochachtung, die; patib (f.), patin (f.), patíben.

Hochmüthig (adj.) giveso-i, (adv.) giveses.

Hochzeit, die; biav (f.), piav (m.)

Hochzeitsgast, der; biaveskéro (m.)

Hof, der; ehofa (f.), medria (f.)

Hoffen (verb.) denkhirel, džakervel, gunčervel.

Höflich (adj.) patuviákro-i.

Höhe, die; učipen, barópen (m.)

Höhle, die; guvá (f.)

Hohlweg, der; choro drom, tiefer Weg.

Hold (adj.) kamelo-i.

Holdseligkeit, die; kamapen (m.)

Holen (verb.) tapervel, anavtelel.

Hölle, die; benkipen (m.) sap.

Holz, das; kašt (m.), ruk (m.)

Hölzern (adj.) kaštuno-i.

Honig, der; gudlo (m.), avdin (f.), gvin (m.)

Hören (verb.) šunel, šundiel.

Horn, das; šink (f.)

Hose, die; choloba (f.), cholova (f.)

Hübsch (adj.) šukaro-i.

Hübsch (adv.) šukár, šukáres.

Hufeisen, das; petalos (m.)

Hufschmied petalengéro (m.)

Hügel, der; bár, dombos.

Huhn, das; čarvi (f.), kahni (f.) das wälsche Huhn: krutos (m.)

Hühner= (adj.) kahnialo-i.

Hühnerauge, das; kahniali bul (f.)

Hülfe, die; hilderpen (m.)

Hülle, die; džakerpen (m.)

Hüllen (verb.) džakervel.

Hund, der; džukel (m.)

Hündchen, das; džuklóro (m.)

Hundert (num.) šel.

Hundertste (adj.) šelto-i.

Hundertmal (Zahlw.) šelvar.

Hündin, die; džukli (f.)

Hunger, der; bók (m.), bokalipen (m.)

Hungerig (adj.) bokálo-i.

Hungern (verb.) bokaliovel.

Husar, der; bangemenákro (m.) d. i. Krummhalsiger.

Husten, der; chas (m.)

Husten (verb.) chasel, chasavel.

Hut, der; stádi (f.), stádin (f.)

Hüten sich (verb.) rakel, rikel.

Hüter, der; hilderpaskéro, rakapaskéro.

Hutmacher, der; stadengéro (m.)

Hütte, die; hitta (f.), koliba (f.)

I.

Ich (pron.) me, man.

Ihm (pron.) leste, peske, peste.

Ihnen (pron.) lenge.

Ihr (pron. I. pers. plur.) tumen.

Ihr (pron.) lengero.

Ihrige, der, die; (pron. poss.) lengéro-i.

Immer (adv.) hako čiro.

In (praep.) andre, andro, an pálal.

Indian, der; (kalkutische Hahn) krutos (m.)

Ingwer, der; zázvóros (m.)

Inland, das; an o tem (m.)

Inländer, der; an o temeskéro (m.)

Inländisch (adj.) temeskro-i.

Insel, die; veš (f.)

Inselt, das; káni (f.)

Insgesammt (adv.) halauter.

Inwendig (adv.) trejal.

Irden (adj.) phuveskéro-i.

Irdisch (adj.) phuveskéro-i.

Irgendwo (adv.) varekai.

Irgendwo durch (ad.) varekatar.

Irgend woher, varekatar.

Ist (verb. aux. 3 pers. sing.) hi.

Izt (adv.) kána, akana.

J.

Ja (aff.) uva.

Jacke, die; beja (f.)

Jagd, die; sengarin (f.)

Jäger, der; vešeskéro (m.)

Jahr, das; berš (m.)

Jährig (einjährig) (adj.) beršekuno-i.

Jährlich (adj.) beršeskéro-i.

Jammer, der; traš, tar, bibacht (f.), dar (f.)

Jeder, e, (pron.) švako-i, šako-i.

Jemand (pron.) vareko, havosal.

Jener, e; (adj. pron.) akálo-i.

Jezt akána, kana.

Jucken (verb.) chandžel.

Jude, der; biboldo (m.) d. i. ungetaufte.

Jüdin, die; biboldi, biboldizza (f.), jutnóri (f.)

Jüdisch (adj.) bibolduno-i.

Jugend die; ternopen (m.)

Jung (adj.) terno-i.

Jung werden, d. i. ich werde jung (verb.) ternovel.

Jungfrau, die; ček (f.), rákli (f.)

Junggeselle, der; ráklo (m.)

Junker, der; terno raj (m) d. i. junger Herr.

𝕶.

Käfer, der; kris (m.)

Kaffee, der; meláli (f.), gudli (f.), gudlo.

Kaffeekanne, die; gakevin (f.)

Kaffeetasse, die; meleliakri čefnin (f.)

Käfig, der; grandža, sonnia (f.)

Kahl (adj.) nango-i, kusto-i.

Kahlheit, die; nangopen (m.)

Kahlköpfig, (adj.) nango šereskéro-i.

Kahn, der; tikno béro (m.) kleines Schiff.

Kaiser, der; kaisáris (m.), báro šero (m.)

Kalb, das; terno guruv (m.), telentos (m.), napioli (f.)

Kälbern (adj.) telenciko i.

Kalk, der; parno (m.)

Kalt (adj.) šilálo-i.

Kalt (adv.) šil.

Kälte, die; šil (m.)

Kamerad, der; mál (m.), mor (m.)

Kamisol, das; trupeskéri (f.), buzunis (f.) retšolis (f.)

Kamm, der; gangli (f.)

Kämmen (verb.) ganel, chanel.

Kammer, die; piráli (f.) práti (f.)

Kammmacher kanglengéro (m.)

Kampf, der; kurapen (m.)

Kämpfen (verb.) kurel.

Kanapé bešamaskri, bešipaskri (f.)

Kanne, die; brádi (f.) koro (m.)

Kaninchen, das; puviákro šošoi (m.)

Kanzel, die; peda (f.)

Käppchen, das; šeranduno (m.)

Kappe, die; bunetta (f.), šerabi (f.)

Kappenmacher, der; punetengéro (m.)

Karpfen, der; karpos (m.)

Karten, die; (Spiel=) pelcki (ist plur.)

Kartoffel, die; matrelli (f.), phuviengeri (f.)

Käse, der; kiral (m.)

Kasten, der; mohdo (m.), terduni (f.)

Katholik, der; trušulengero Kreuzmacher.

Katze, die; mačka (f.)

Kauen (verb.) čammevel, dantervel.

Kaufen (verb.) kinel, kindeli, pharuvel.

Kaufmann, der; bekenibnaskéro (m.), biknipnaskéro, hipningéro.

Kaum (adv.) ledva.

Kehren, aus; (verb.) šulavel.

Kein (adv.) kek, nitsavo-i.

Keller, der; šilálo-i.

Kennen (verb.) džanel, prindžel, brinčerel.

Kenntlich (adj.) prindžerdo-i.

Kerker, der; staripen (m.)

Kerl, der; džev (m.), pedo (m.)

Kern, der; (im Obste) mogos (m.)

Kerze, die; momoli (f.) momolin (f.), dut (m.)

Kessel, der; gagavo (m.)

Kesselflicker, der; gagviengéro (m.)

Kette, die; lancos (m.), verklin (f.)

Kiebitz, der; giviko (m.)

Kind, das; čávo (m.)

Kindisch, (adj.) čavengéro-i.

Kinn, das; moskro (m.), moskri (f.), pachuni (f.), pahuni.

Kinnbacken, der; čamalacha (f.)

Kirche, die; khangéri, gangéri (f.)

Kirsche, die; giriasin, džiriasin (f.)

Kirschner, der; (Pelzmacher), postineskéro (m.)

Kiste, die; mohdo (m.)

Klafter, die; sáhos (m.)

Klage, die; zalostia (f.)

Klagen (verb.) phukel.

Klaue, die; naj (f.)

Kleben (verb.) makel.

Klee, der; kleja (f.), bukvali (f.)

Kleid, das; idia (f.) ripen (m.)

Kleiden (verb.) rivel, urel.

Kleidung, die; ripen, uripen (m.), uravipen (m.)

Klein (adj.) tikno-i.

Kleinmüthig (adj.) tareno-i.

Kleister, der; makapen (m.)

Klempfner, der; parno-sasterengéro.

Kleye, die; špreili (plur. m.)

Klopfen (verb.) kurel.

Klug (adj.) gošvero-i.

Klugheit, die; gošveropen (m.)

Knabe, der; čávo (m.) ráklo (m.)

Knallen (verb.) dabel, del šola, d. i. Lärm geben.

Knie, das; čank (f.)

Knoblauch, der; seria, sir (m.), purum (m.)

Knödel, der; mačik (m.)

Knopf, der; kočak (m.)

Knoten, der; knopis (f.)

Koch, der; garapaskéro (m.)

Kochen (verb.) khérel, thável, gerel, garel, tavel.

Köchin, die; kechtica (f.)

Kochlöffel, der; kaštuni (f.)

Kohl, der; šach (m.)

Kohle, die; angar (m.)

Köhler, der; angaraskéro (m.) angarengéro.

Kolatsche, die; marikli (f.), markeli (f.)

Komödie, die; keliben (m.)

Kommen (verb.) avel, asel.

König, der; králos (m.), takar (m.)

Königin, die; králica (f.), takerni (f.)

Königlich (adj.) kraleskéro-i; takaruno-i.

Königshase, der; puviákro, šošoi (m.)

Können (verb.) kamel, šai (verb. irreg.) džanel, eš kann, šai.

Kopf, der; šéro (m.)

Kopftuch, das; pherno, pherne (m.)

Koralle, die; miliklo (m.)

Korn, das; giv, div. gib (m.)

Kornhändler, der; gibenkero (m.)

Körper, der; trupos (m.)

Körperlich (adj.) trupeskéro-i.

Kostbar (adj.) šukár.

Koth, der; čik (m.) kul.

Kothig (adj.) čikálo-i.

Kothig (adv.) čikales.

Kraft, die; zor (f.), dsor, zor.

Kräftig (adj.) zorálo-i.

Kraftlos (adj.) či zorálo-i, bi-zorálo-i.

Krampf, der; sor (m.)

Krank (adj.) nasválo-i.

Krank (adv.) nasváles.

Krankheit, die; nasvalipen (m.)

Kranz, der; viencos (m.), ze-phani (f.)

Krätze, die; ger (f.)

Kratzen (verb.) randel, randa-vel, charuvel.

Kraus (adj.) krico-i.

Kraut, das; armin (f.), jarmin, (m.) šach, trab.

Krebs, der; rákos (m.) gatliná-kro (m.) Scheerenträger.

Kredit, der; pačapen (f.)

Kreditiren (verb.) pačel, pačavel.

Kreide, die; parni (f.), makli (f.)

Krepiren (verb.) frekel, murda-lovel.

Krepirt (adj.) freko-i, murdalo-i.

Kreuz, das; trušul (m.), keres-tos (m.)

Kreuzer, der; kizáro, pašálo (m.) pašali (f.)

Kreuzweise (adv.) trušulende.

Kriechen (verb.) krichel, krikel.

Krieg, der; kuriben (m.)

Kriminal, das; bareskro ker, rateskro ker.

Kristus (Christus), kerestos (m.)

Kropf, der; gelva (f.)

Krucifix, das; kerestos (m.)

Krug, der; kóro (m.)

Krumm (adj.) bango-i.

Krumm (adv.) banges.

Krummbeinig bango - cheren-géro.

Krummen, die; chumel, chumer.

Krute, die; krutos (m.)

Küche, die; kalardi (f.), kisina (f.)

Kuchen, der; marikli, markeli (f.)

Kuckuk s. Kukuk.

Kufe, die; turdli (f.)

Kugel, die; kugla (f.), piko (m.)

Kuh, die; guruvni (f.)

Kühlen (verb.) šilavel, šudra-vel.

Kukuk, der; nijaleskéro čiriklo.

Kummer, der; žalostia (f.), tar, traš (f.), dar (f.)

Kummet, das; meneskéro (m.)

Kundschaft, die; rodapen (m.)

Kundschaften (verb.) rodel, hli-dinel.

Kunst, die; kelapen (m.)
Künstler, der; kelapaskéro (m.)
Kupfer, das; miedos (m.), char-
   kom (m.)
Kürbis, der; dudum (m.)
Kürschner, der; postinengéro (m.)
Kurz (adj.) charno-i, tikno-i.
Kurz (adv.) charnes.
Kürzen (verb.) tikniarel.

Kuß, der; čumépen (m.)
Küssen (verb.) čumidel.
Kuttel, die; pacala (f.)
Kutsche, die; hintova, hlintova
   (f.)
Kutscher, der; čupniengéro (m.)
Kutte, die; radžola (f.), charmin
   (f.)

L.

Lachen (verb.) asel, asavel.
Lachen, das Gelächter; asaviben
   (m.)
Lager, das; čiben (m.)
Lahm (adj.) bango-i, werden
   phangiovel, machen phangerel.
Lähmen (verb.) phangerel.
Lamm, das; bakróro (m.)
Land, das; tem (m.), terani (f.)
Landessprache, die; temeskri čib.
Lang (adj.) dugo-i.
Lang (adv.) duges.
Lange (ad.) ráha.
Lange her (adv.) ráha.
Länge, die; dugipen (m.)
Länger (adv. compar.) hargider.
Langsam (adv.) polokes.
Lanze, die; pušt (m.)
Lärm, der; godli (f.), vika (f.)
Lassen (verb.) mukel.
Last, die; baropen, baripen (m.)
Laster, das; grecho (m.)
Lasterhaft (adj.) grechengéro-i.

Laub, das; seneli petrinja grüne
   Blätter.
Laubfrosch, der; seneli džampa
   (f.)
Laufen (verb.) denašel, praštel,
   praštavel.
Laufer, der; našapaskéro (m.)
Laus, die; džuv (f.)
Lausig (adj.) džuválo-i.
Lausig (adv.) džuvales.
Laut, der; vika (f.)
Läuten (verb.) harangozinel.
Leben, das; dživipen (m.), tru-
   pos (m.)
Leben (verb.) džidiaravel.
Lebendig (adj.) džido-i.
Lebenslang (adv.) džimaster.
Leber, die; buke (f.), puko (m.)
Leberwurst, die; pukeskeri goich
   (f.)
Lecken (verb.) čorável, čorel.
Leder, das; mortin (f.)
Ledern (adj.) mortchuno-i.

Leer (adj.) čučo-i.
Leer (adv.) čučes.
Legen (verb.) čivel.
Lehre, die; siklariben (m.), siklerpen (m.)
Lehren (verb.) siklarel,
Lehrer, der; šulmaistaris (m.), siklerpaskéro (m.)
Leib, der; trupos (m.)
Leichdorn, der; kahniali bul (f.)
Leicht (adj.) loko i.
Leicht (adv.) lokes.
Leid, das; žalostia.
Leid (adv.) lito.
Leiden (verb.) terikirel, trpinel.
Leier, die; risemaskri (f.)
Leihen (verb.) pacel, užlarel.
Leintuch, das; lepedova (f.)
Leinwand, die; pochdan (m.)
Leinweber, der; pochdanengéro (m.)
Leiter, die; spievakos (m.)
Leiterwagen, der; vrdo (m.)
Lernen (verb.) siklárel, siklovel.
Lesen (verb.) ginel, gendel, travernel.
Leute, die; manuša, gadže (plur.), solete.
Letzte, paldutuno-i, palduno-i.
Licht, das; dives (m.), momelin (f.), dut (m.)
Liebe, die; kamápen (m.)
Lieben (verb.) kamel, khamel.

Lied, das; gili (f.), plur. gilia.
Liegen (verb.) pašlel.
Liegend bešto.
Link (adj.) zervo-i.
Links (adv.) zervirik, zerves, balogno.
Linse, die; linsa (f.), landinia (plural.)
Lippe, die; vušt (f.)
Lob, das; šarapen (m.)
Loben (verb.) asárel, šarel.
Loch, das; chev (f.)
Löffel, der; roj (f.)
Lohn, der; pleiserpen (m.), pleiserdum (m.)
Lohnen (verb.) pleiserel.
Loos, das; muklo (m.)
Löschen (auslöschen) (verb.) mudiarel.
Lösen (verb.) mukel, phirivel.
Loslassen (verb.) mukel, phirivel.
Löwe, der; činek (m.)
Luft, die; bavlal (f.), tucho (m.)
Lüge, die; chochapen (m.), chochavipen.
Lügen (verb.) chochável, paštel.
Lunge, pukho (m.), phuko (m.)
Lungensucht, die; phurdinipen (m.)
Lungensüchtig (adj.) phurdino-i.
Lustig (adj.) freido-i, perjaslingero-i; (adv.) freida.

M.

Machen (verb.) kerel, kherável.

Macht, die; zor (m.)

Mädchen, das; džuvli, čaj, rákli (f.)

Magd, die; valetiza.

Magen, der; pacala (f.)

Mager (adj.) šuko-i, sano-i.

Mahlen (verb.) makel, makavel.

Mai, der; kamelo čon Liebes= monat.

Mal (Zahl.) var, z. B. 10mal dešvar.

Malen (verb.) makel, makavel.

Man (pron. imp.) pes.

Manchmal (adv.) varekana.

Mann, der; rom, murš (m.)

Männerrock, der; hazika (f.)

Männlich (adj.) romeskéro-i, murškeduno-i.

Mantel, der; phikengeri (f.), kepenĕgos (m.), uraka (f.)

Mantel ohne Ärmel; thalika (f.), thalik (m.)

Mark, das; thulopen (m.), thulo kokalengéro.

Markt, der; foros (m.), likello (m.)

Matratze, die; parint (m.)

Matt (adj.) kino-i.

Mattigkeit, die; kinopen (m.)

Maulesel, Maulthier juro (m.), paš khér.

Maultrommel, die; grambola (f.)

Maulwurf, der; phuviákro (m.)

Mauer, die; par (m.)

Maus, die; germuso, suretta (f.)

Meer, das; sero (m.), ratvalo- páni (f.), mára (f.)

Mehl, das; járo (m.)

Mehlhändler, der; jarengéro (m.)

Mehr (comp.) buteder.

Meile, die; jemia (f.), miga (f.)

Mein (pron. poss.) mro-mri.

Meinen (verb.) pačel.

Meinung, die; pačápen (m.)

Meise, die; mečanča (f.)

Melken (verb.) dožel.

Melodie, die; gichepen (m.)

Melone, die; herbuzo (m.)

Mensch, der; manuš (m.)

Menschlich (adj.) manušano-i.

Messer, das; čúri (f.) tschuri (f.)

Messerschmied, der; čuriningéro. (m.)

Mich (pron.) man, me.

Milch, die; thud (m.)

Milchkeller, der; thudengéro (m.)

Mindern (verb.) tikniarel.

Mir (pron.) mange, mande auch man, von mir man dar, mit mir manser.

Mischen (verb.) pisdel.

Mist, der; mistos (m.), fúl (m.), gosno (m.)

Mistkäfer, der; fulmerdari (f.)

Mißtrauen, das; či láčo pučapen (m.) kein wahrer Glaube.

Mit mir, manse (pron.)

Mitsammen (adv.) dudžene, ketane.

Mittag, der; dilos (m.)

Mittags (adv.) pro dilos.

Mitte, die; maškar (m.), maškaripen (m.)

Mittelste, der; maškarduno-i.

Mitten (adv.) maškar, maškaral.

Mitternacht, die; pašrat (f.)

Mittwoch, der; štredone (m.), maškerduno dives (m.) mittelste Tag.

Modern (verb.) chomervel.

Mögen (verb.) kamel.

Möglich (adv.) sasti. Es ist — šti.

Mohn, der; kalardo (m.), churdo (m.), máko (m.)

Monat, der; čon (m.), zemblo, zimblo (m.), massus (m.)

Mond, der; čon (m,)

Montag, der; pondielkos (m.), duito dives (m.)

Morast, der; sapanipen (m.), tos (m.), kilo (m.)

Mord, der; marápen (m.)

Morden (verb.) marel.

Mörder, der; marapaskéro (m.)

Morgen (adv.) feizrile, averdives, kaisa, taisa.

Morgenland, das; deisirlákro tem (m.)

Morgenländisch (adj.) deisirlákro temeskéro-i.

Morgens (adv.) ratiaha, sikratiaha, rila, feitzrile.

Morgenthau, der; deisirlakri rasnia (f.)

Morgig (adj.) taisuno-i.

Morsch (adj.) chomerdo-i.

Müde (adj.) kino-i.

Müdigkeit, die; kinopen (m.)

Mühe, die; buti (f.)

Mulde, die; baláne (f.)

Mühle, die; pišali (f.), jareskéri (f.)

Muhme, die; bibi, pipi (f.)

Müller, der; pišálo, pišaleskéro (m.), jarengéro (m.)

Mund, der; muj (f.)

Munter (adj.) rišo-i.

Mürbe (adj.) churdo-i.

Musik, die; bašavipen (m.), trumáni (f.)

Musikant, der; bašapaskéro (m.)

Muß, das; biblo (m.)

Müssen (verb.) hum te (ist unpersönlich.)

Muth, der; dži, dsi (f.)

Muthig (adj.) bidarakéro.

Mütze, die; buneta (f.), čerli (f.), šerabi (f.)

Mutter, die; daj (f.), liebe Mutter dajóri.

N.

Nabel, der; porr (m.)

Nach (präp.) andro, andre, andro pal, palal, pale, palo, vaš, mey.

Nachahmen (verb.) kerel pal.

Nachbar, der; rikákro (m.)

Nachen, der; bero (m.)

Nachfahren (verb.) ulevel, palal.

Nachforschen (verb.) rodel.

Nachforschung, die; rodipen.

Nach Hause gehen (verb.) džel pal kere.

Nachmittag, der; palduno dives.

Nachricht, die; penapen (m.), khovel (m.)

Nachsicht, die; proserpen (m.)

Nächst (adv.) langs.

Nachsuchen (verb.) rodel.

Nacht, die; rát (f.)

Nächtlich (adj.) ratuno-i, ratiakéro-i.

Nachts (adv.) ráti, rataha.

Nachtwächter, der; phurdibnengéro (m.)

Nackt (adj.) nango-i.

Nacktheit, die; nangipen.

Nadel, die; suv (f.)

Nadelbüchse, die; suviákro (m.)

Nadelholz, Nadelwald, melelo veš.

Nagel, der; karfo (m.), karfén (f.), graffin (f.)

Nagel am Finger, nája (f.)

Nagelschmied, der; grafnengéro (m.)

Nahe (präp.) paš.

Nähen (verb.) sivel, suvel.

Nähnadel, die; suv (f.)

Nähren (verb.) čalovel.

Nahrung, die; chaben (m.)

Naht, die; sidapen (m.)

Name, der; lav (m.), nav (m.)

Narr, der; narbulo (m.)

Narrisch (adj.) narbulo-i.

Nase, die; nak (m.)

Naseweis (adj.) nakválo-i.

Nasig (adj.) nakeskéro-i.

Naß (adj.) sapáno-i; — machen sapniarel; — werden sapniovel.

Nässe, die; sapanipen (m.)

Nebel, der; tamlipen (m.)

Neben (adv.) paš.

Nehmen (verb.) lavel, lel, lilel.

Nein (pr.) ma, na, nano.

Nennen (verb.) kárel.

Nerv, der; zoreli (f.)

Nessel, die; cuknida (f.)

Netzen (benetzen) (verb.) sapniel.

Neu (adv.) nevo-i.

Neuheit, die; nevopen (m.)

Neuigkeit, die; nevopen (m.)

Neujahr, das; névo berš.

Neun (num.) enia.

Neunmal (num.) eniavar.

Neunzig (num.) eniavardeš.

Nicht (n.) ma, na, nano, či.

Nicht gut (n.) biláčo.

Nicht dürfen (verb.) na tromel.

Nicht lassen (verb.) na davel.

Nicht wissen (verb.) na džanel.

Nicht wollen (verb.) na kamel.

Nichts (pron.) nane, či, ništ.

Nichtswürdig (adv.) phui, činákro, čivalo (m.)

Nie (adv.) šoha, nikana, kekvar.

Nieder (adv.) tele.

Niemals (adv.) nikana, kekvar.

Niemand (pron.) niko, kek.

Nießen (verb.) len čik; ich nieße man len čik.

Nirgend (pr.) nikai.

Nirgend durch (adv.) nikatar, nikai.

Niße, die; lik (m.), lika (plur.)

Noch (pr.) inke, meg.

Nonne, die; noniza (f.)

Noth, die; bibacht, doš (f.)

Nöthigen (verb.) silel.

Nothwendig (adv.) thavas, hum te.

Nüchtern (adj.) jerno-i.

Nudel, die; lokši (plur.)

Nummer, die; numera (f.), numeros (f.), gin (f.)

Nur (adv.) čak.

Nuß, die; pehenda (f.), akor (f.), peleuda (f.), lakora (f.)

Nützlich (adj.) mišto-i.

O.

Ob (frag. F.) esli?

Oben (adv.) úpre, prál.

Obere (adj.) uprúno-i, praldúno-i.

Oberst (adj.) praldino-i, upruno-i.

Obst, das; silava, cilava, thiláva (plur. f.), rukengere (f.), phabaj (f.), pabui.

Obsthändler, der; phábengéro (m.), pabujengéro.

Ochs, der; guruv (m.)

Oder (präp.) buter, vai.

Ofen, der; bov (m.), bob (m.)

Offen (adj.) piro-i.

Öffnen (verb.) pradel, phradel.

Oft (adv.) but.

Oheim, der; kák (m.)

Öhl, das; pamelis (m.)

Ohne (adv.) bi, bio.

Ohne Augen (adj.) bijakakéro-i.

Ohne Beine (adj.) bicherengéro-i.

Ohne Hand (adj.) bivasteskéro.

Ohne Hände (adj.) bivastengéro-i.

Ohne Hörner (adj.) bišingerengéro-i.

Ohne Knochen (adj.) bikokalengéro-i.

Ohne Kopf (adj.) bišereskéro-i.

10*

Ohne Ohren (adj.) bikane-
skéro-i.

Ohr, das; khan (m.)

Ohrfeige, die; čamadini (f.)

Ohrring, der; čenia (plur.)

Ordnung, die; zelo (m.)

Ort, der; helos (m.), stelo
(m.), adia, buchlipen.

Ortsvorsteher, der; moskéro (m.)

Österreich; moliakro tem, i. e.
Weinland.

Österreich, Ober; praluna moliakro tem.

Österreich, Unter; teluno moliákro tem.

P.

Paar, das; dui (d. i. zwei).

Pantalonhosen, die; dimi (f.)

Papagei vakerpaskéro čiriklo.

Papier, das; parno (m.), ča-
merdo (m.)

Papiergeld, das; parnengri (f.)

Paß, der; lil (f.)

Pathe, der; kirvo (m.)

Pathin, die; kirvi (f.)

Peitsche, die; čupni (f.), čup-
nik (f.)

Pelz, der; postin (m.), pelcos (m.)

Perle, die; merlo (m.), mirkia
(plur.)

Person, die; dženo (m.)

Petschaft, das; gotšik (m.)

Pfahl, der; cilo (m.)

Pfand, das; simmeto (m.)

Pfanne, die; baluna (f.), strastuni (f.)

Pfau, der; pono (m.), poni (f.),
gisevo čiriklo stolzer Vogel.

Pfeffer, der; papros (m.), peperi (f.)

Pfeife, die; (Tabaks-) thuvali
(f.)

Pfeifen (verb.) šolel.

Pfennig, der; pašpašali (f.),
pašpašak (m.) (eigentlich
Halbkreuzer).

Pferd, das; grai (m.), grast (m.)

Pferdehändler, der; tisera (m.),
parapaskéro (m.)

Pferdemarkt, der; grastengéro
(m.)

Pferd= d. i. was vom Pferde
kömmt, grastuno-i (adj.)

Pfiff, der; šol (m.)

Pflanzen (verb.) thovel.

Pflaster, das; (Stein) cerha (f.)

Pflaster, das; makapen (m.)

Pflege, die; hilderpen (m.)

Pflegen (verb.) hildervel.

Pflicht, die; hum te unperf. Zeit,
d. i. müssen.

Pflücken (verb.) cingerel.

Pfund, das; trdipen (m.), funtos (m.), libro (m.)

Pilz, der; chuchur (m.)

Pistol, das; karibnangeri (f.)

Platzen (verb.) parievel.

Pocke, die; bogina (f.)

Pöckelfleisch, das; londo mas (m.)

Polster, der; čiben (m.), pernizza (f.)

Portier, der; preskéro (m.)

Posse, Spaß, der; perjas (m.)

Prag, phandlo foros (geschlos-
sene Stadt).

Prahlen asarel, phučovel.

Predigen (verb.) travernel.

Preis, der; (Ehren) patuv (m.)

Preisen (verb.) šarel.

Preußen, blavado tem, blaues
Land.

Priester, der; rašai (m.)

Profet, der; turkepaskéro (m.)

Profezeien (verb.) turkevel.

Profezeiung, die; turkepen (m.)

Prüfung phučiben (m.)

Prügeln (verb.) kurel, marel,
del dab.

Pulver (Schießpulver) churdi
(f.), šutli (f.)

Punsch, der: táto gulo mol, d. i.
warmer süßer Wein.

Puppe, die; gukli (f.)

Putz, der; šukerpen (m.)

Q.

Quaderstein, der; starbuchlen-
géro bar (m.)

Qual, die; duk (m.)

Quälen (verb.) dukavel.

Qualm, der; thuv (m.)

Quark, der; čiral (m.)

Quartier, das; lodípen (m.)

Quaste, die; ketovos (m.)

Quecksilber, das; džido rup (m.)

Quelle, die; cháni, chanigori (f.)

R.

Rabe, der; koráko (m.)

Rad, das; keréka (f.)

Rahm, der; tefelos (m.)

Rakonitz (Eigenname) ratvalo
foros.

Rand, der; rundopen (m.)

Rappe, der; kalo grai.

Rasen, der; lunka (f.)

Rasieren (verb.) murel, muravel.

Rasiermesser, das; murádi (f.)

Rast, die; kinopen (m.)

Rasten (verb.) kinovel.

Rathen (verb.) phenel.

Rathsam (adv.) mišto.

Ratte, die; germuso (m.)

Rauch, der; thuv (m.)

Rauchen (verb.) Tabak rauchen pijel thuválo.

Rauchfangkehrer, der; kálo (m.)

Raum, der; buchlopen (m.), gunč (m.)

Räumen (verb.) avrigedel.

Raupe, die; germo (m.)

Rausch, der; makopen (m.)

Rebhuhn, das; korotva (f.), poreskéri kahni (f.)

Rechnen (verb.) ginel.

Recht, das; (jus) čačopen (m.)

Rechts (adv.) čáčes, čačirik.

Rede, die; rakerpen (m.), penapen, vakeripen.

Reden (verb.) phukel, vakherel, phenel, rakerel.

Redner, der; rakerpaskéro (m.)

Regen, der; bršindo (m.), pršint (m.)

Regnen (verb.) del bršind, bršinel (imper.)

Reh, das; srncos (m.)

Reich (adv.) barvales.

Reich (adj.) barvalo-i.

Reichthum, der; barvalipen (m.)

Reihe, die; zelo (m.)

Reiher, der; longo menákro čiriklo.

Rein (adj.) šukar.

Reinigen (verb.) morel.

Reißen (verb.) zerdel.

Reiten (verb.) klissel.

Reiter, der; klissapaskéro (m.), klisdo (m.)

Religion, die; pačápen, der Glaube.

Rennpferd, das; sikelo grai (m.)

Reue, die; keidapen (m.)

Reuen (verb.) keidavel.

Ribbe, (die) s. Rippe.

Richter, der; moskro, čibálo (m.), karnišéro, pesopereskéro.

Richtplatz, der; manušvari (f.)

Riechen (verb.) sungel, ceitinel.

Riemen, der; simiris (m.)

Riemer, der; vodiengéro (m.)

Rind, das; guruv (m.)

Rinde, die; cepa (f.), cilka (f.)

Rindern, was vom Rinde kömmt, (adj.) guruvalo-i.

Rindviehdünger, der; bunista (m.)

Ring, der; grustin, angrusti (f.)

Ringen (verb.) phangerel; die Hände — phangerel vastenca.

Rippe, die; pašvéro (m.)

Ritze, die; čurie (f.)

Rock (der Männerrock); hazika (f.)

Rock (der Weiberrock); cocha (f.)

Rohr, das; bisa (f.)

Röhre, die; era (f.), čepo (m.)

Rosenkranz, der; prisermaskri verklin (f.)

Roß, das; grai (m.), grast (m.)

Roßhändler, der; parapaskéro (m.), tisera (m.)

Roth (adj.) lolo-i.
Roth (adv.) loles.
Röthe, die; lolopen (m.)
Rothe Rübe, die; loli (f.)
Rothkehlchen, das; lolo menákro čiriklo (m.)
Roß, der; lim (f.)
Roßig (adj.) limálo-i.
Rübe, die; rapáni (f.), repáni (f.); die rothe — loli.
Rücken, der; dumo (m.)
Rückseite, die; aver rik.
Ruf, der; vika, godli (f.), vičiniben (m.)
Rufen (verb.) vičinel, višinel, karel.

Ruhe, die; pokonopen (m.)
Ruhen (verb.) phokiniovel, kruovel, phokinavel.
Ruhig (adj.) pokono-i.
Rühren sich (verb.) čalel, čilavel.
Ruhm, der; patib (f.), patuv, šarapen (m.)
Rund (adv.) rundes, kulates.
Rund (adj.) kuláto-i, rundo-i.
Rupfen (verb.) kušel, murel.
Ruß, der; bobeskeri káli (f)
Rüssel, der; nakh.
Rußland šilelo tem (kaltes Land.)
Ruthe, die; rani (f.)

S.

Säbel; der; cháro (m.), savio (m.)
Sache, die; peda, gova (f.), doga (f.)
Sachsen charotiko tem, schwertführendes Land.
Sachte (adv.) polokes.
Sack, der; positi (f.), gono (m.)
Sacktuch, das; potsinakro diklo (m.)
Säen (verb.) čivel.
Safran, der; šafranos (m.)
Säge, die; kaštengéri (f.), tulodini (f.)
Sagen (verb.) phenel, vakherel.

Sägen (verb.) činel.
Sägspäne, die; pilinos (m.)
Sahne, die; tefelos (f.)
Saite, die; trdapangéri, zrdapangéri (f.)
Salbe, die; makapen (m.)
Salpeter, der; lon keren (m.)
Salz, das; lon (m.)
Salzen (verb.) londiarel, gesalzen londo-i.
Salzig (adj.) londo-i.
Sammeln (verb.) jekhetanel.
Samstag, der; sobota (f.), parastiovin (m.)
Sämmtlich halauter (adv.)
Sand, der; poši (plur.)

Sarg, der; truna (f.)

Sattel, der; žen (f.), sen (f.)

Satteln (verb.) thovel pro grast žen.

Sattler, der; ženengéro (m.)

Satz, Sprung, der; stepen (m.)

Saugen (verb.) čučidel.

Säugen (verb.) čučitedel.

Saumagen, der; baléja (voc.)

Sauer (adj.) šutlo-i.

Sauer (adv.) šutles.

Säuern (verb.) šutlovel.

Schäbe, die; che (f.)

Schaf, das; bakro (m.), weibl. Schaf bakri (f.)

Schafbock bakro (m.)

Schafhirt bakrengéro (m.)

Schafstall bakrengéro kher (m.)

Schale, Schüssel, die; čaro (m.)

Schämen (verb.) ladžiavel.

Schande, die; ládž (f.), prasápen (m.)

Schärfe, die; ostros (m.)

Schatten, der; tinia (f.)

Schauen (verb.) dikhel.

Schaufel, die; kaštengéri (f.)

Schauspiel, das; kelapen (m.)

Schauspieler, Künstler, die; kelapaskéro (m.)

Scheere, die; čindia (f. plur.)

Scheibe, die; pajer (f.)

Schelm, der; baštardo (m.), perjapeskéro (m.)

Schellen, Handeisen, saster (m.)

Scherben, der; čiripos (m.)

Scherz, der; perjas (m.)

Scherzen (verb.) perjas kherel.

Scheuer, die; humna (f.), šurna (f.)

Scheuern (verb.) morel.

Scheusal, das; činek (m.)

Schicken (verb.) bičel, bičavel.

Schicksal, das; gova (f.)

Schieferstein, der; melélo bar.

Schießen (verb.) karie del d. i. Schüße geben.

Schießpulver, das; churdi (f.), šutli (f.)

Schiff, das; bero (m.)

Schiffer, der; beropaskéro (m.)

Schildwache, die; santanella (f.)

Schilf, das; rišo (m.)

Schimmel, der; 1) Fäulniß krniopen (m.) 2) weißes Pferd, parno grai.

Schimpf, der; prasapen (m.)

Schimpfen (verb.) prasel.

Schinder, der; kušválo (m.), menákro (m.)

Schinken, der; kálokariálo (m.)

Schlacht, die; kurapen (m.), mariben.

Schlaf, der; sovipen (m.)

Schlafen (verb.) sovel.

Schläfrig (adj.) susto-i, šovalo-i.

Schlag, der; mardo (m.), dáb (f.)

Schlagen, das; (Schlacht) mariben (m).

Schlagen (verb.) lemel, temel, kurel, marel.

Schlägerei, die; mariben.

Schlan (Eigenname) Lonoforos.

Schlange, die; sáp (m.)

Schlau (adj.) godžvero-i.

Schlecht (adj.) džungálo-i, bilá-čo-i, mižech.

Schlecht (adv.) džungales, bila-čes, mižech.

Schlechtigkeit, die; džungalipen (m.) midšipen (m.) mižech čipen.

Schleifen (verb.) morel.

Schleifstein aspin (f.)

Schleim, der; džunger (m.)

Schleudern (verb.) vičervel.

Schließeisen, die; (plur.) bikovi.

Schlimm (adj.) džungalo-i, bi-láčo-i, mižech.

Schlingen (herunter=schlingen) (verb.) nakherel.

Schlitten, der; renati (f.)

Schloß, das; (zum Sperren) buklo (m.), klidi (f.)

Schloßgebäude, das; felicin (f.), dis (f.)

Schlosser, der; klidengéro (m.), buklengéro.

Schluchzen (verb.) nakébel.

Schlucken (verb.) nakhavel.

Schlüssel, der; kleja (f.), piri-paskro (m.), glitin (f.)

Schmal (adj.) zeko-i.

Schmalz, das; khil (m.), thil (m.), čik (m.)

Schmalzen (verb.) čikniarel.

Schmarotzer, der; hijabachna-skéro (m.)

Schmerz, der; dukh (f.)

Schmerzen (verb.) dukel.

Schmerzlich (adj.) dukeno-i, (adv.) dukenes.

Schmetten, der; tefelos (m.)

Schmetterling, der; blachtarida (f.)

Schmied, der; hartiaris (m.), sasterpaskéro (m.), sastrin-géro (m.), petalengéro.

Schmücken (verb.) ložaniovel.

Schmutz, der; mel (f.)

Schmutzig (adj.) melálo-i.

Schmutzig (adv.) meláles.

Schnabel, der; nakh (m.)

Schnalle, die; bukni, gunduni (f.), pukni (f.)

Schnauze, die; muj (m.)

Schnecke, die; skarkuni (f.)

Schnee, der; jiv (m.), chip (m.)

Schneiden (verb.) čuraha činel, d. i. ich schreibe mit dem Messer čingerel.

Schneider, der; suvakéro (m.), suvengéro, šnaidaris(m.), cho-lovengéro, sivibnaskéro.

Schneutzen (verb.) košel, smr-kadel.

Schnitt, der; činápen (m.)

Schnupfen (verb.) sungel, d. i. riechen.

Schnupftuch, das; potsinakro diklo (m.)

Schnur, die; dóri (f.), tav(m.), pahrda (f.)

Schön (adj.) šukár.

Schon (adv.) gana.

Schonen (verb.) šetršinel.

Schönheit, die; šukerpen (m.)

Schöpfen (verb.) pherel.

Schöpfer, der; kerapaskéro (m.)

Schoppen, der; koro (m.)

Schöps, der; bako (m.), bákro (m.)

Schoos, der; kolin (f.)

Schräg (adj.) bango-i.

Schrank, der; mohdo (m.)

Schraube, die; risermaskri (f.)

Schrecken der; dar (f.)

Schrecken (verb.) dardiomel.

Schreckniß, das; činek (m.)

Schreiben (verb.) činel, das — čininangro (m.)

Schreiber, der; čininangro (m.), poreskéro (m.)

Schreibzeug, das; činamaskeri (f.)

Schrei, der; vika (f.), godli (f.), vičinibén (m.)

Schreien (verb.) godlikerel, vičinel.

Schrift, die; činapen (m.), die heilige — develeskéro libro.

Schriftlich (adj.) čindo-i.

Schritt, der; stakerpen (m.)

Schrott, der; biko, tressurie (plural.)

Schrott, die; bikovi (m. pl.)

Schuh, der; čirach (m.), prengre (m.)

Schuhmacher, der; šustaris (m.), sivibnaskéro (m.), čirachangéro (m.)

Schuld, die; užlipen (m.), zian (m.)

Schuldig (adj.) užlo-i, zian.

Schuld tragen (verb.) šultran hi, zian.

Schule, die; škola (f.), siklamaskri (f.), sikermaskri (f.)

Schüler, der; siklapaskéro čávo (m.)

Schullehrer, der; sikerpaskéro (m.), siklarpaskéro (m.)

Schulter, die; pikho (m.)

Schürbaum, der; santervisto (m.)

Schürze, die; herengéri (f.), chif (f.)

Schuß, der; garapen (m.)

Schüssel, die; čáro (m.)

Schuster, der; sivibnaskéro (m.), cirachangéro (m.), šustaris (m.)

Schusterahle, die; šidlos (m.)

Schwach (adj.) sano-i.

Schwach (adv.) sanes.

Schwager, der; šogoris (m.)

Schwalbe, die; foršetákro čiriklo (m.), švolma (f.)

Schwamm, der; ješka (f.), chuchur (m.)

Schwan, der; bári papin (f.), große Gans, šono (m.)

Schwanger (adj.) pári, kabni.

Schwangerschaft, die; parópen (m.)

Schwank, der; perjas (m.)

Schwarz (adj.) kálo-i, melelo-i.

Schwärze, die; kalópen (m.),
káli (f.)

Schwärzen (verb.) kalarel.

Schwefelhölzchen kandipnaskéri
(plur.)

Schweif, der; phóri (f.)

Schweigen (verb.) citel.

Schwein, das; bálo (m.)

Schweinchen, das; balóro.

Schweinern (adj.) baláno-i, ba-
leskéro-i.

Schweinhirte, der; balengéro.

Schweiz, die; kiralengéro tem
Käseland.

Schwellen (verb.) šuvlovel.

Schwer (adj.) pháro-i, báro-i,
peso-i.

Schwere, die; phariben, baripen
(m.)

Schwer (adv.) bár, phar.

Schwert, das; cháro (m.)

Schwertfeger, der; charengéro
(m.)

Schwester, die; phen (f.)

Schwiegersohn, der; džiamutro,
čakrorum (m.)

Schwimmen (verb.) plavinel,
plimevel.

Schwören (verb.) kherel sovel.

Schwur, der; sovel (m.)

Sechs (num.) šov.

Sechszehnte, der; deš šofto.

Sechzig (num.) trivalbis, trivarbiš šov.

Sechzigmal šovar.

See, die; sero (m.), mára (f.)

Seele, die; vodi (m.), dsi (f.),
auf meine Seele pe ober pro
mro vódi.

Segen, der; bacht (f.)

Sehen (verb.) dikhel, džanel.

Sehr (p.) igen, but.

Seide, die; geš (f.), keš (m.),
phar (m.), balangéro.

Seiden (adj.) phareno-i.

Seife, die; sapunis (m.)

Seifensieder, der; sapunengéro.

Seil, das; šelo (m.)

Seiler, der; šelengéro (m.)

Sein, Seine (pron.) leskéro-i,
peskéro-i.

Seite, die; rik, rig (m.), andririk (m.), zerdapangéri (f.)

Selbst (pron.) korkoro.

Selig (adv.) gero, guč, muč.

Semmel, die; bokoli (f.)

Senden (verb.) bičel.

Sense, die; farkia (f.)

Sessel, der; stamin (f.), bešamaskri (f.), kaštuni (f.)

Setzen (verb.) bešel.

Seuche, die; naslopen (m.)

Seufzen (verb.) akárel, akaravel.

Seyn (verb.) ačel.

Sich (pron.) pes, peske.

Sie (pron. plur.) jon, ji.

Sie (pron. sing.) joj, la.

Sieben (num.) efta.

Siebener, der; eftengéro (num.)

Siebenhundert (num.) efta šel.

Siebenjährig (adj.) efta ber-
šenkéro.

Siebentägig (adv.) efta dive-
sengéro-i.

Siebente, der; eftato-i (m.)

Siebzehn (num.) deš efta.

Siebenzig (num.) eftavardeš.

Sieg, der; silepen (m.)

Siegel, das; chindi (f.)

Siegen (verb.) silel.

Silber, das; rup (m.)

Silberarbeiter, der; rupengéro
(m.)

Silbern (adj.) rupono-i.

Singen (verb.) ghiavel, gilovel.

Singvogel, der; gichepaskéro
čiriklo.

Sitzen (verb.) bešel, sitzend bešto.

So (adv.) avo, ada.

Sobald (adv.) jaka, dala.

So eben (adv.) akana.

Socken, die; pučkoiri (f. plur.)

Sogleich (adv.) minďar.

Sofort (adv.) minďar.

Sohle, die; talpa (f.)

Sohn, der; čábo (m.), čávo (m.)

Soldat, der; lurdo (m.)

Soldatenweib, das; lurdica (f.)

Soldatisch (adj.) lurdikano-i.

Sollen (verb.) hum te.

Sommer, der; linai (m.), nijal
mile.

Sommerlich (adv.), im Sommer
linae.

Sonnabend s. Samstag.

Sonne, die; kham, kán (m.)

Sonnig (adj.) khameskéro-i.

Sonntag, der; kurko (m.), gurko
(m.)

So, daß, avo.

So, so (p.) avoka, avoka, ada,
varehar.

Sorge, die; třas (f.)

So viel (p.) adeci.

So vielmal (Zahl.) adecivar.

Spähen (verb.) hlivinel, rodel,
dikhel.

Spalten (verb.) pharel, pharavel.

Spannen (verb.) špandervel.

Sparen (verb.) šetřinel, hadel
pre.

Spaß, der; peras (m.)

Spaßen peraskérel.

Spaßmacher, der; perapaskéro
(m.)

Spät (adv.) pozdeš, duro,
bangi.

Speck, der; thulo kokalengéro
(m.), balévas (m.)

Speichel, der; čungart (m.)

Speien (verb.) čungarel.

Speise, die; chaben (m.), chab
(m.)

Sperrhaken, der; piripaskro
(m.)

Spiegel, der; špigloš (m.), glen-
deri (f.)

Spiel, das; bašavipen (m.), kelapen (m.)

Spielen (verb.) bašavel, pašel,
kelel.

Spielkarten, die; pelcki (plur.
m.)

Spieß, der; pušt (m.)

Spindel, die; flisermaskri (f.), lispermaskri (f.)

Spinne, die; bugaris (f.), gaklin (f.)

Spinnen (verb.) katavel, lispervel, fliservel.

Spinnrad, das; flisermaskri (f.), lispermaskri (f.)

Sporn, der; pužech (f.), bužech (f.)

Spotten (verb.) savel, sarel.

Sprache, die; cib (f.), rákerpen (m.), duma (f.), vakeriben (m.)

Sprechen (verb.) rakervel, vakerel.

Spreu, die; churdin (f.)

Springen (verb.) chutiel, chutiavel.

Sprung, der; stepen (m.)

Spucken (verb.) čungerel.

Spur, die; drom, beim Wild stakerpen (f.)

Spüren (verb.) heivel.

Spüren (verb.) suchen rodel.

Spürhund, der; rodapaskéro džukel (m.)

Staar, der; melélo čiriklo.

Staat, Pracht; šukerpen (m.)

Stab, der; kašt (v. Holz) (m.)

Stachel, der; karo (m.)

Stachelig (adj.) karoreskéro-i.

Stadt, die; foros (m.)

Städter, der; foroskéro.

Stahl, der; absin (f.)

Stall, der; stania (f.), stala (f.)

Stampfen (verb.) stakervel.

Stand (Ort) stakerpen (m.)

Standhaft (adj.) sorello-i.

Stark (adj.) peso-i, sorello-i, zorello-i, zorálo-i.

Stärke, die; zór (f.), zoralipen (m.)

Staub, der; popelos (m.) čár (f.)

Stechen (verb.) phosavel.

Stehen (verb.) terdiovel.

Stehend (particip.) terdo-i.

Stehlen (verb.) čorel.

Stein, der; bar (m.)

Steinern (adj.) bareno-i.

Sterben (verb.) merel.

Sterben, das; meripen, meriben, meroben (m.)

Sterblich (adj.) merapaskéro-i.

Stern, der; šterni (f.), čerchen (f.), širina (f.)

Stiefbruder, der; pašprál (m.), pašphrál (m.)

Stiefschwester, die; pašphen (f.)

Stiefel, die; škornie (f.)

Stiege, die; trepi (plur.) stakerpen.

Stier, der; beikos (m.), guro (m.)

Still (adj.) pokono-i, polokoro-i.

Still (adv.) ačen, achai, lokes.

Stille, die; pokonopen (m.)

Stimme, die; krlo (m.)

Stinken (verb.) khandel.

Stinkend (adj.) kandelo-i.

Stirn, die; čekat (m.)

Stock, der; rovli (f.)

Stolz (adj.) giveso-i, porto-i.

Storch, der; báraherengéro čiriklo (m.)

Stoß, der; spiledini (plur.)

Stoßen (verb.) spidel, spilel.

Strafe, die; mariben (m.), paghi (f.)

Strafhaus, das; thaveskro kher (m.)

Straße, die; drom, baro drom, trom (m.)

Strauch, der; por (m.)

Straucheln (verb.) trisel, perel.

Streich, der; dab (m.)

Streif, der; gotter, kotter d. i. Stück.

Streit, der; čingerpen (m.)

Streiten (verb.) čingerel.

Streu, die; phus, Stroh (m.)

Streulager, das; phuseskéro čiben (m.)

Strick, der; šelo (m.), dori (f.)

Striegel, der; vakerova (f.)

Stroh, das; phus (m.) pus (m.)

Strumpf, der; patavo (m.)

Strumpfwirker, der; patavengéro (m.)

Stube, die; tatin (f.), isma (f.)

Stück, das; koter (m.)

Stuhl, der; bango (m.), kaštuni (f.), stamin (m.)

Stumm (adj.) lalero-i, so nedžano vakerel, d. i. welche nicht reden können.

Stunde, die; štunda (f.), kóra (f.)

Stutte, die; grásni (f.)

Suchen (verb.) rodel.

Sumpf, der; kilo (m.), sapanipen (m.), tos (m.)

Sünde, die; binos (m.), grecho (m.) bezech. (m.)

Sündhaft bezech (adv.)

Suppe, die; zumin (f.)

Süß (adj.) gulo-i, gudlo-i, lácho-i; süß machen guliarel, süß werden guliovel.

Süßigkeit, die; gulopen (m.)

T.

Tabak, der; thuválo (m.)

Tabakrauchen (verb.) pijel thuvalo.

Tabaksaft, der; branta (f.)

Tabakschnupfen (verb.) sungel thuvalo.

Tabaksbeutel, der; pusinka (f.)

Tabakspfeife, die; chukni (f.), thuvali (f.)

Tafel, die; chamaskri (f.)

Taft, der; par (m.), phar (m.)

Taftband, das; buchli (f.)

Taften d. i. von Taft (adj.) pareno-i.

Tag, der; dives (m.)

Tagen (verb.) divesal'ovel.

Täglich (adj.) diveseskéro-i, divessuno-i.

Tanne, die; melélo ruk (m.)

Tante, die; bibi (f.), pipi (f.)

Tanz, der; keliben (m.)

Tanzen (verb.) kélel, kelável.

Tänzer, der; verbiris (m.)

Tänzerin, die; verbirka (f.)

Tapfer (adj.) dsiskéro-i, ziskéro-i.

Tasche, die; positi (f.), postin, potissa (f.)

Taschendieb potsinákro čor (m.)

Taschenspieler, der; potsinákro, kelepaskéro (m.)

Taschentuch, das; potsinakro diklo (m.)

Taub (adj.) kašuko-i.

Taube, die; holubos (m.), tovadaj (f.), keretuno čiriklo (m.)

Taubheit, die; kašukipen (m.)

Tauchen (verb.) bolavel.

Taucher, der; bolapaskéro (m.)

Taufe, die; bolapen (m.)

Taufen (verb.) bolel, polel.

Taufschein, der; polamaskri (f.)

Tauglich (adj.) hásno-i, mišto-i.

Tausch, der; paropen (m.)

Tauschen (verb.) paravel.

Tausend (num.) deš šel, isero, ezero, jeseris.

Tausendweise (adv.) iserende,

Teich, der; teichos (m.), séro, zefani (f.), tailo (m.)

Telg, der; chumer (m.)

Teller, der; drandžuris (m.)

Tenne, die; humna (f.)

Teufel, der; beng (m.), benk (m.)

Teuflisch (adj.) bengeskéro-i.

Teutsch (adv.) sasitkes.

Teutsche, der; sasso (m.)

Teutschland, sasseskéro tem.

Thal, das; andre char (m.), andro doligos (m.), chossa (m.)

Thaler, der; rupovo (m.), buchlo (m.)

That, die; kerapen (m.)

Thäter, der; kerapaskéro (m.)

Thau, der; rasnin (f.), oš (m.)

Theater, das; kellepaskéro kher (m.)

Thee, der; sastopaskéro panin Gesundheitswasser oder multamangri (f.)

Theil, der; kopi (f.), kotter (m.)

Theilen (verb.) švakopašel.

Theurer (adj.) kuč; kunč.

Thier, das; telel (m.)

Thon, der; loli čik (f.)

Thor, das; kapuvi (f.), vudar (m.)

Thorwärter, der; preskéro (m.)

Thräne, die; avs (f.), avsa, sva.

Thun (verb.) kerel, gerel, kherel.

Thür, die; vudár (m.), duvár (m.)

Thürhüter, der; preskéro (m.)

Thurm, der; khangéro (m.)

Tief (adj.) choro-i.

Tiefe, die; choropen (m.), chorípen (m.)

Tieger, der; činek.

Tinte, die; kálo (m.)

Tisch, der; skamni (f.), chamaskeri (f.)

Tischler, der; truhlaris (m.), chamaskérengero (m.) mohdengéro.

Tischtuch, das; messalin (f.)

Toben (verb.) dinelovel.

Tobsüchtig (adj.) divio, dinello-i.

Tochter, die; čaj (f.)

Töchterchen, das; čajori (f.)

Tod, der; merapen (m.), meriben (m.), molo (m.)

Todt (adj.) mulo-i, muláno-i.

Tödten (verb.) našadel, našavel, merel.

Tonne, die; turdli (f.), bradi (f.)

Topf, der; piri (f.), kuči (f.)

Töpfer, der; piriengéro (m.)

Tornister, der; gono (m.)

Trächtig (adj.) kabni.

Trage, Bahre, die; hidžemaskéri (f.)

Träge (adj.) kino-i.

Tragen (verb.) lidžel, hidževel.

Träger, der; hidžepaskéro (m.)

Trägheit, die; kinopen (m.)

Trank, der; pibben (m.)

Traube, die; drák (f.)

Trauen (verb.) pačel, patiel, patiavel, glauben.

Trauer, die; keidapen (m.)

Trauern (verb.) keidel.

Traum, der; suno (m.), soni (m.)

Traurig (adj.) smutno-i, dukédo-i.

Traurig (adv.) smutnes, dukedes.

Treffen (verb.) talinel, tapervel, ressel.

Treiben (verb.) trádel, spilel.

Trennen (verb.) putrável.

Treppe, die; stakerpen (m.), trepi (f.)

Treten (verb.) stakerel.

Treu (adj.) čačo-i.

Treue, die; čačopen (m.) Wahrheit.

Treulos (adj.) či, čačo-i.

Trinken (verb.) pijel.

Trinkgefäß, das; pimaskri (f.)

Tritt, der; stakerpen (m.)

Trocken (adj.) šuko-i, čuko-i.

Trocken (adv.) šukes.

Trocknen (verb.) šutiarel.

Trommel, die; trummlo (m.), tambuk (m.)

Trommler, der; tamboris (m.)

Trompete, die; portomaskri (f.), phurdipaskri (f.)

Tröpfeln (verb.) čulavel.

Trotzig (adj. u. adv.) gojemen, čingerpaskéro-i.

Truhe, die; mohdo (m.)

Trumpf, der; saro (m.)

Trunk, der; piben (m.)

Trunken (adj.) mato-i, denilo-i.

Trunkenheit, die; matopen (m.)
Truthahn, der; krutos (m.)
Truthenne, die; krutos (f.)
Tuch, das; than (m.), zerka (f.)
Tuch oder Kopftuch; diklo (m.)
Tuchmacher, der; thanengéro, thaneskéro (m.)

Tuchen (adj.) tanuno-i.
Tückisch adj. midžo-i.
Tugend, die; lačopen (m.)
Tünchen (verb.) parnovel, makel.
Türke, der; korak (m.)
Türkin, die; korakniori (f.)

U.

Über (präp.) pral.
Überall (adv.) šako čiro, d. i. aller Orten.
Überfall, der; taperpen (m.)
Überfluß, der; barvalopen (m.)
Übermorgen (adv.) aver dives.
Übermüthig (adj.) giveso-i, phurdo-i.
Ufer, das; kunára (f.), pára (f.)
Uhr, die; gambania, kambania (f.)
Uhrmacher, der; kambanengéro (m.)
Über (präp.) prekal, prekalo, pral.
Übermorgen (adv.) paltaisaskéro.
Übung, die; sikepen (m.)
Um (conj.) trujal.
Um (präp.) damit vaš.
Um, herum (präp.) pašal.
Umbringen (verb.) našavel, našadel.
Umgebracht (part. adj.) našádo-i.

Umdrehen (verb.) risarel.
Umgedreht (part. adj.) risardo-i, risarádo-i.
Umgekehrt (part. adj.) sisardo-i, risarádo-i.
Umhergehen (verb.) pirel.
Umkehren (verb.) paletedel, risárel, reskirel.
Umsonst (adv.) hijaba.
Unausgesetzt (adv.) hafurt.
Und (conj.) the.
Undank, der; biparkerpen (m.)
Undankbar (adj.) biparkerpaskéro-i.
Undankbarkeit, die; biparkerpen (m.)
Ungar, der; čiválo (m.)
Ungarisch (adj. und adv.) ungrisko-i, ungritkes, čiváles.
Ungarn, čiválo tem.
Ungehorsam (adj.) bigandélo-i.
Ungern (adv.) nagerin.
Ungethüm, das; činek (m.)
Ungetreue Du! lubni (f.)
Ungläubig bipačuno-i.

Unglück, das; bibacht (f.)
Unglücklich (adj.) bibachtálo-i.
Unglücklich (adv.) bibachtales.
Ungültig (adj.) činagio-i.
Unmöglich nahi.
Unnütz (adv.) činel.
Unpäßlich (adv.) nafti.
Unrath, der; džungalipen (m.)
Unreif (adj.) jálo-i.
Unrein (adj.) čikelo-i.
Uns (pron.) amen, amenge.
Unschlitt káni, khani (f.)
Unschuldig (adj.) nevino-i, láčo-i.
Unschuldig (adv.) nevines, lačes.
Unser (pron.) amáro.
Unsere (pron.) amári.
Unten (adv.) telc.
Unter (präp.) maškar, tel, tele.
Untere (adj.) teluno-i.
Unterrock, der; teluno (m.)
Unterstehen sich (vrb.) opovažinel.

Unterthänig (adj.) gandelo-i.
Unthier, das; činek (m.)
Unvermerkt (adv.) čorachánes.
Unvernünftig (adj.) bigodakéro-i.
Unvernünftig (adv.) bigodakéres.
Unverschämt (adj.) ladžvakerdo-i.
Unverschämt (adv.) ladžvakerdes.
Unverschämtheit, die; ladžvakerdipen (m.)
Unvorsichtig (adj.) biglandiko-i.
Unwahrhaft (adj.) chochepaskéro-i.
Unwahr bičačo-i.
Unwahrheit, die; či čačipen (m.)
Unwille, der; čingerpen (m.)
Urtheil, das; čačópen (m.), penápen (m.)

V.

Vater, der; dát (m.)
Väterchen, das; dadóro (m.)
Väterlich (adj.) dadeskéro-i.
Vaterland, das; kheretuno (m.)
Verbinden (verb.) phandel.
Verberben (verb.) ruminavel.
Verdienen (verb.) thovel.
Verdienst, der; pleisserpen (m.)
Verdorren (verb.) čukovel, šukovel, šutovel.

Verdrießen (verb.) chojervel, cholervel.
Verdrießlich (adv.) cholinjákro-i.
Verdruß, der; cholin, chojerp (m.)
Verehren (verb.) šárav, dav patib.
Verein, der; torin (f.)
Verfall, der; ruina (f.)
Verfaulen (verb.) krniovel.

Verfertiger, der; kerapaskéro
(m.)
Verfolger, der; pireskéro (m.)
Vergeben (verb.) mukel tele.
Vergessen (verb.) pobisterel,
pohisterel, bisterel.
Vergönnen (verb.) pržejinel.
Vergraben (verb.) párovel, pa-
ronel, pharuvel.
Verhaften (verb.) starel.
Verheiratet (adj.) romedino-i.
Verhör, das; phučiben (m.)
Verirren (sich) (vrb.) našavel pes.
Verjüngen sich (verb.) ter-
niovel.
Verkauf, der; biknipen, pikni-
ben (m.)
Verkaufen (verb.) bikenel.
Verkehrt (adj.) risardo-i, ris-
kirdo-i.
Verkleinern (verb.) tikniarel.
Verkürzen (verb.) charniarável,
tikniarel.
Verlieren (verb.) našavel, na-
ševel.
Vermindern (verb.) tikniarel.
Vermodert chomérdo-i.
Vernunft, die; godžveropen (m.)
Vernünftig (adj.) godžvero-i.
Verordnen (verb.) phenel, ča-
madavel.
Verordnung, die; phenapen (m.)
Verrath, der; pukhepen (m.)
Verrathen (verb.) pukhel.
Verräther, der; pukhepaskéro
(m.)

Verschämt (adj.) ladžiano-i.
Verschließen (verb.) phandel,
gliterel.
Verschlossen (adj.) phandlo-i.
Versichern (verb.) penel, phenel.
Verspotten (verb.) savel.
Versprechen (verb.) slibindel.
Verständig (adv.) godiaver,
godžvero-i.
Versteck, der; garapen (m.)
Verstecken (verb.) garuvel, gu-
ruvel.
Verstehen (verb.) chalóvel.
Verstorben (part. adj.) mulo-i,
muláno-i.
Versüßen (verb.) guliarel.
Vertheidigen (verb.) rakel, d. i.
beschützen.
Vertheidiger, der; rakapaskéro
(m.)
Vertrauen, das; pačópen (m.)
Vertrauen (verb.) patiel, pa-
tiavel.
Vertreiben (verb.) tradel.
Verwandtschaft, die; frantšoftos
(m.)
Verweint (part. adject.) rov-
lardo-i.
Verwesen (verb.) krniovel.
Verwirren (verb.) chálel.
Verwunden (verb.) dav dába
Schläge geben.
Verzeihen (verb.) mukel tele.
Verzeihung, die; proserpen (m.)
Verzieren (verb.) lošaniovel.
Vetter, der; kák (m.)

11*

Vetterschaft, die; kakópen (m.)
Vieh, das; pedo (m.)
Viel (adv.) but, so viel adeci.
Vielleicht (conj.) tálan, talam.
Vielmal butidie.
Vier (num.) štar.
Vierte, der; (adj.) štarto-i.
Viertel (num.) firtla (m.), gar-
tiri (f.)
Vierzehn (num.) dešuštar.
Vierzig (num.) duvarbiš.
Violine, die; bašadia (f.), he-
geduva (f.), bašavipnengeri
(f.), šetra (f.)
Vogel, der; čiriklo (m.)
Volk, das; dženo (m.) Mensch,
Kind (tšel).

Voll (adj.) phendo-i, pardo·i,
pherdo-i, (adv.) pardo; —
machen pardovel.
Von (präp.) a.
Vor (präp.) angal, angar, glan,
aglan.
Vor dem (präp.) avgoder.
Voreilig (adj.) nakválo-i.
Vorhängschloß, das; buklo, kli-
din (m.)
Vorrath, der; butgova (f.)
Vorstellen sich etwas (verb.)
leperel.
Vortuch, das; damatina (f.),
cherengéri (f.), leketova (f.)
Vorwitzig (adj.) nakválo-i.
Vorzimmer, das; tremmo (m.)
Vorzüglich (adv.) prál, láčo.

W.

Waage, die; čidipnaskeri (f.)
Waare, die; foti (f.), idia (f.),
marha (f.)
Wachen (verb.) gardel, rakel.
Wachsam (adv.) masop, massob.
Wachs, das; jerni (f.), mom (f.)
Wachskerze, die; momoli (f.)
Wachsen (verb.) barovel.
Wächter, der; puštiakro (m.),
Spießträger.
Wacker (adj.) láčo-i.
Wade, die; leitkos (m.)
Wage, die; švenglo (m.), ci-
dipnaskere (plur.)

Wagen (verb.) opovažinel.
Wagen, der; vrdo (m.), vortin (f.)
Wagenschmier, die; káli (f.)
Wägen (verb.) cidel.
Wagner, der; vortinengéro (m.),
verdangéro (m.)
Wahnsinn, der; dinelopen (m.)
Wahr čačo-i; nicht wahr? unga?
Während (adv.) pašo.
Wahrheit, die; čačipen (m.)
Wahrsager, turkespaskéro (m.)
Waitzen, der; váca (f.)
Wald, der; veš (m.), kašt (m.),
porr (m.)

Wallach, der; Valachos (m.)

Wand, die; massuri (f.)

Wanderer, der; dromengéro (m.)

Wange, die; čáma (f.)

Wann (part.) kana, di.

Wanze, die; khandini (f.)

Warm (adj.) táto-i.

Wärme, die; tatopen (m.)

Wärmen (verb.) tatiárel, tatovel.

Warnung, die; penapen (m.)

Warten (verb.) užarel, gunčervel, lulervel.

Warum (pr.) hoske, soske.

Warze, die; bukuni (f.)

Was (pron.) so.

Wäsche, die; moriben (m.), čivipen (m.), továpen (m.)

Waschen (verb.) čóvel, morel, tovel.

Wasser, das; páni (f.), pánin (f.)

Was willst Du? so khámes?

Wecken, aufwecken (verb.) uštiável.

Weber, der; (Leinwand) pochtanangéro (m.)

Weg, der; drom (m.), trom (m.)

Weg! (int.) okia, okla, krik.

Wehmutter, die; mamiškica.

Wehren (verb.) braninel.

Weib, das; manušni, romni (f.), džuvli (f.)

Weiberrock, der; cocha (f.)

Weibisch (adj.) romniakéro-i.

Weiblich (adj.) romniakéro-i.

Weich (adj.) kovlo-i; — machen kovlarel; — werden kovlavel.

Weil (adv.) ke, odoleske.

Wein, der; mol (f.)

Wein= moliakro-i (adj.)

Weinhändler, der; molengéro (m.)

Weinen (verb.) róvel, avsárel, roliarel.

Weinen, das; rovipen (m.), roven.

Weise (adj.) godiaver, godžvero-i.

Weisheit, die; godžveropen (m.)

Weiß (adj.) parno-i.

Weißblech, das; parno sastro.

Weiße, die (Hauptwort); parnópen (m.)

Weißlich (adv.) parnóro.

Weit (adj.) buchlo-i; (adv.) dur.

Weizen, der; váca (f.)

Welcher, e, (pron.) hávo-i, kodova, have.

Welle, die; pleme (f.), pena (f.)

Welt, die; bolipen (m.), sveto (m.)

Wenig (adv.) kuti, kuči, tikno, čúlo; ein — kuti.

Wenn (pr.) kana.

Wer (pron.) have, ko.

Werfen (verb.) čivel, čivrdel, ferdel, frikanel, vičervel.

Werth (adv.) mohl.

Werthlos (adj.) činagio-i.

Wespe, die; pereli (f.)

Weſſen (pron.) kaskéro.

Weſte, die; buzunis (f.), retšo- lis (f.)

Wetter čiro (m.); Donnerwetter hrmiságos (m.)

Wetzen (verb.) morel.

Widder, der; bákro (m.)

Wie (conj.) har.

Wie viel (int.) gizi, keci.

Wieder (adv.) papále.

Wiegen (verb.) kolibinel, šuk- level.

Wieſe, die; visa (f.)

Wieſel, das; phurdini (f.)

Wille, der; kamapen (m.)

Willig (adj.) kamelo-i, gan- delo-i.

Wind, der; bavlal, barval (f.)

Windeln, die; parne (plur.)

Windig (adj.) barvuljákro-i.

Winkel, im; (adv.) palal.

Winter, der; jevent (m.)

Wir (pron.) amen.

Wirth, der; virtaskéro, čapla- ris (m.)

Wirthshaus, das; virta (f.), krčma (f.)

Wirthin, die; čaplárka (f.)

Wiſchen (verb.) kosel.

Wiſſen (verb.) džanel; nicht — nadžanel.

Witterung, die; Wetter čiro (m.)

Wittthum, das; phivlopen (m.)

Wittwer, der; phivlo (m.)

Wittwe, die; phivli (f.)

Wo (Frgw.) kai, ke.

Woche, die; jekurko (m.), eſta divese.

Wöchnerin, die; legusica (f.)

Woburch (Fr.) kathar.

Woge, die; pena (f.)

Woher (Fr.) kathar.

Wohin (Fr.) khai, karik.

Wohlthat, die; lačopen, lači- pen (m.)

Wohnen (verb.) ačel.

Wohnhaft (adj.) khereduno-i.

Wohnung, die; lodipen (m.)

Wolf, der; ruv (m.)

Wolke, die; filešnoti (f.), nebos (m.)

Wolle, die; vlnos (m.), pušhum (f.)

Wollen (verb.) khamel.

Wornach (adv.) hoste.

Wort, das; lav (m.), nalavo.

Wortführer, der; laviskéro (m.)

Wuchs, der; barvol (m.)

Wundarzt, der; rataskéro (m.)

Wunde, die; dáp, dáb (f.), či- napen (m.)

Wunder, das; marjáklo (m.)

Wundern (verb.) kerel bári jaka, d. i. große Augen machen.

Wunſch, der; kamápen (m.)

Wünſchen (verb.) kamel, khamel.

Würdig (adv.) mol.

Wurf, der; ferdapen (m.)

Würfel, der; kokala (plur.)

Würgen (verb.) tasel.

Wurm, der; krmo (m.)

Wurmig (adj.) krmelo-i.

𝔚urſt, die; goi (f.), goich (f.)
𝔚ürze, die; čar, trab (f.)

𝔚urzel, die; trab (f.)
𝔚üſte (adj.) šučo-i.

𝔍.

𝔍ahl, die; gin (f.)

𝔍ahlen (verb.) pocinel, pleiservel.

𝔍ählen (verb.) ghinel.

𝔍ahlung, die; pleiserpen (m.), pleiserdum (m.), pociniben (m.)

𝔍ahm (adj.) gandélo-i.

𝔍ahn, der; dand, dant (m.)

𝔍ahnarzt, der; dantengéro (m.)

𝔍ahnfleiſch, das; talubos (m.)

𝔍ahnlos (adj.) bidandengéro-i.

𝔍ange, die; silaba (f.), silabis (f.)

𝔍ank, der; čingérpen (m.)

𝔍anken (verb.) čingerel.

𝔍änkiſch (adj.) čingerparkéro.

𝔍art (adj.) sido-i.

𝔍auber, der; čovachanopen (m.)

𝔍auberer, der; čovacháno (m.)

𝔍auberin, die; čovacháni (f.)

𝔍aubern (verb.) čovachavel, čovachel.

𝔍aum, der; savaris (m.)

𝔍aun, der; (Einfriedung) bár (f.)

𝔍ehn (num.) deš.

𝔍ehngebote, die; penapena deša.

𝔍eigen (verb.) sikel, sikavel, sikervel.

𝔍eile, die; zélo (m.)

𝔍eit, die; ciro (m.), cilos (m.)

𝔍eitlebens (adv.) džimaster.

𝔍eitlich (adj.) dsireskéro-i.

𝔍eitung, die; novinos (m.)

𝔍eitvertreib, der; khel (m.)

𝔍elt, das; tatin (f.), cerha (f.)

𝔍entner, der; šel trdipen = 100 Pfund.

𝔍er= (Partikel) preko.

𝔍erbrechen (verb.) pagherel, bukerel.

𝔍erbröckeln (verb.) chudiarel.

𝔍erreißen (verb.) pharavel.

𝔍erriſſen (part. adj.) pharádo-i.

𝔍ettel, der; cedla (f.)

𝔍euge, der; čačopaskéro (m.), martilo (m.)

𝔍iege, die; buzni (f.), pučnin (f.)

𝔍iegenbock, der; pučum (m.)

𝔍iehen (verb.) trdel, zerdel.

𝔍ieren (verb.) lošaniovel.

𝔍iffer, die; numeros (m.), gin (f.)

𝔍igeuner, der; rom, sinto, kálo (m.)

𝔍igeueriſch (adj.) románo-i, romanes.

𝔍immer, das; pirali (f.), isma tatin (f.)

𝔍immermann, der; kašteskéro (m.)

Zither, die; cithimar, citara (f.)

Zittern (verb.) rasinel, trissel.

Zitze, die; čuči (f.)

Zopf, der; surepen (m.)

Zorn, der; choli (f.), čingerpen (m.)

Zu (präp.) peskre, kia, kis, kil, kio, ke, pas, zu Fuß peso.

Zucker, der; godli (f.), gudlo (m.)

Zudecken (verb.) učkarel.

Zuerst (num.) jektes.

Zügel, der; vodia (f.), voďa (f.)

Zugpferd, das; trdipnaskéro grast (m.)

Zukunft, die; duro, čiro, gogopen (m.)

Zulassen (erlauben) (verb.) mukavel, mukel.

Zumachen (verb.) phandel.

Zündhölzchen, die; kandini (pl.)

Zunge, die; čib (f.)

Zürnen (verb.) chorável, macholárel, cholárel.

Zurückkehren (verb.) isarel, risárel.

Zurück (part.) pále.

Zusammen (part.) khetane, dudžene.

Zutragen (sich) šegel.

Zuvor (adv.) glan.

Zuweilen bišeste.

Zwang, der; stilipen (m.), silépen.

Zwanzig (num.) biš.

Zwanziger, der; bišengro (m.)

Zwei (num.) dui.

Zweimal, duvar.

Zwei und zwanzig (num.) biš te dui.

Zweig, der; ráni (f.)

Zweite, der; aver.

Zweitens, vaver.

Zwetschke, die; kiav (f.), thilava (f.), silava (f.)

Zwiebel, der; purum (m.)

Zwingen (verb.) silerel.

Zwirn, der; thav (m.)

Zwischen (präp.) maškar.

Zwist, der; čingerpen (m.)

Zwölf deš dui.

Zwölfmal (num.) deš duivar.